돌봄교실에서 만난 아이들

학교에
오래 머무는
아이들

학교에 오래 머무는 아이들

초판인쇄	2023년 02월 27일
초판발행	2023년 03월 03일

지은이	신사숙
발행인	조현수
펴낸곳	도서출판 프로방스
마케팅	최관호 최문섭
IT 마케팅	조용재
교정교열	이승득
디자인 디렉터	오종국 Design CREO

ADD	경기도 고양시 일산동구 백석2동 1301-2
	넥스빌오피스텔 704호
전화	031-925-5366~7
팩스	031-925-5368
이메일	provence70@naver.com
등록번호	제2016-000126호
등록	2016년 06월 23일

정가 15,800원
ISBN 979-11-6480-298-2 03810

돌봄교실에서 만난 아이들

학교에 오래 머무는 아이들

신사숙 지음

프로방스

"진정한 나의 주인공들, 학교에서 만난 아이들"

학교 합창부 지휘, 스카우트 대장, 환경봉사대 학생 지도, 학교 숲 관리, 돌봄교실…….

내가 교사가 되어 맡았던 업무들이다. 이 업무 하나하나에 많은 추억들이 있지만 그중에 가장 잊을 수 없는 건 돌봄교실 관리교사였다.

돌봄교실은 방과후부터 학부모들이 퇴근하는 저녁 9시까지 아이들을 돌보는 곳이다. 돌봄교실 관리교사는 아이들이 다 귀가할 때까지 돌봄 전담 교사와 함께 학교에 남아 있는 것이 주업무였다. 당시에는 아침 7시에 출근해 밤 10시에 집으로 가는 게 일상이었다. 출장을 갔다가 와도, 교직원 전체 회식을 한 후에도 돌봄교실 때문에 학교로 되돌아가곤 했다. 그 덕인지, 우리 학교는 전국에서도 돌봄교실 운영을 잘하는 곳으로 유명해 교육부 장관까지 방문할 정도였다.

처음 관리교사 일을 맡았을 때는 내가 왜 이걸 한다고 했을까, 후회스러웠다. 그때는 학교 교무부장이라 담임교사와 부장 업무만으로도 체력이 방전되는 듯했다. 돌봄교실 아이들이 모두 집에 가는 늦은 시간까지 교실에 있으려니 누에고치가 된 기분이었다. 갇힌 것처럼 답답하고 서글픈 생각까지 들었다.

방학 중에도 매일 출근해야 했고, 쉴 수 있는 기간은 방학내 '돌봄교실 방학' 뿐이었다. 일주일간의 방학 외에는 돌봄 학생들처럼 나도 학교에 가야 했는데, 그럴 때면 다른 학생들과 부모님, 동료 교사들이 그렇게 부러울 수가 없었다. 모두들 시원한 해수욕장으로, 산으로, 해외로 가는데 나만 뜨거운 여름 방학을 꼼짝없이 교실에서 보내야 한다니!

그날도 평소처럼 돌봄교실에 가서 아이들에게 그림책을 읽어주고 교실로 왔다. 방학 기간이라 아이들이 없는 학교는 무척 조용했다. 휘몰아치는 태풍 같은 아이들이 사라진 교실은 낯설고 어색했다.

고요한 교실, 아무도 없는 교실, 여름 방학에 혼자 있는 교실…….

그때였다. 아련하게 떠오르는 기억. 아, 예전에도 이런 생각을 했었는데 언제였지? 희미하던 기억이 점점 또렷해지더니 어릴 적 일이 생각났다.

6학년 때, 나는 서울에서 바닷가 근처 시골 학교로 전학을 갔다. 겨우 친구 한 명을 사귀었는데, 그 친구는 수업이 끝나고 집에 가면 밖으로 나오지 않았다. 집에서 어린 동생을 돌봐야 해서 같이 놀 수가 없었다.

여름 방학이 되자 나는 더 외롭고 쓸쓸했다. 남동생을 비롯해 온 동네 아이들은 바닷가에서 살다시피 했다. 나도 몇 번 수영을 배우려고 따라갔는데 그럴 때마다 바다가 너무 무서웠다. 바닥에 발이 닿지 않으면 몸이 굳었다. 동생들은 하루하루 수영 실력이 늘어갔고, 나는 종일 몸을 비틀어대며 심심해했다.

그러다 내가 찾아낸 곳은 학교 도서실이었다. 전학 간 시골 학교의 작은 도서실은 말이 도서실이지 그냥 교실이었다. 교실과 다른 점이 있다면 한쪽 벽에 유리문이 달린 책장이 있고, 책장 안에는 세계 동화전집, 위인전 등이 있었다. 『소공자』, 『소공녀』, 『장발장』, 『제인 에어』, 『빨간 머리 앤』……. 나는 그런 책들을 읽으며 뜨거운 여름 방학을 보냈다.

동네 아이들이 바닷가에서 다이빙하고 작살 낚시를 하는 동안 나는 혼자 책을 읽었다. 거기서는 한여름의 열기를 피할 수 있었다. 선풍기가 없어도 창문을 열어 놓으면 시원한 바람이 불어왔다. 아무도 없는 교실은 고요하고 평화로웠다. 교문 앞 나무에서 우는 매미 소리만 들렸다. 그 도서실은 내가 책 속 주인공을 만날 수 있는 나만의 행복한 공간이었다.

시골 학교 도서실 생각이 나서 그랬을까? 아니면 학교에 오래 남아 있는 게 익숙해져서 그랬을까? 그 후로 밤늦게까지 학교에 머무르는 시간이 처음처럼 힘들지 않았다. 교실의 조용하고 아늑한 분위기에 점점 안정감을 느끼게 되었다.

그러고 나니 돌봄교실 아이들이 보이기 시작했다. 아이들의 이야기가 들렸다. 아이들은 책보다 더 흥미진진하고 감동적인 사연을 품고 있었다. 마치 책 속 주인공이 현실 세계로 나온 게 아닌가 싶었다.

소풍 가는 날, 빈 도시락을 가져온 아이.

교사가 모닝콜을 해야 학교에 겨우 오는 아이.

밤 10시까지 엄마를 기다리며 꾸벅꾸벅 조는 아이.

나는 책을 보는 것처럼 아이들의 이야기를 듣기로 했다. 아이들의 마음을 읽는 데 더 많은 시간을 보내기 시작했다.

돌봄교실 아이들의 진솔한 모습이 보이자, 답답하게 갇혀 있는 고치가 아니라 훨훨 나는 나비의 자유로움을 느꼈다. 꽃과 같은 아이들을 만나면서 나는 처음으로 아이들의 이야기를 쓰게 되었다. 나에게 글이란 아이들의 편을 들어주는 일이었다. 교사로서 할 수 있는 게 없어서, 그들에게 힘이 되어 주지 못해 미안해서, 아이들이 어려운 일을 혼자 겪어야 하는 게 힘들어 보일 때, 나는 그런 아이들의 이야기를 기록했다. 그러면서, 네가 화를 내고 소리 지르고 우는 게 잘못이 아니라고 괜찮다며 다독거렸다.

초등학교 6학년, 전학을 가서 외롭던 나에게 책 친구를 소개해 준 교실, 거기서 나는 다시 아이들을 만나고 있다. 이제 내 친구는 더 이상 책 속에 있지 않았다. 내 곁에서 떠들며 돌아다니고 키득거리며 웃는 아이들이 진정한 나의 주인공이었다. 지금 나는 그 교실에서, 학교에서 어린 시절의 나처럼 심심하고, 외롭고, 같이 있어 주길 바라는 아이들과 함께 지내고 있다.

2023년 2월

신사숙

돌봄교실 아이들이 보이기 시작했다. 아이들의 이야기가 들렸다. 아이들은 책보다 더 흥미진진하고 감동적인 사연을 품고 있었다. 마치 책 속 주인공이 현실 세계로 나온 게 아닌가 싶었다.

Contents
차례

● 달을 닮은 아이들은 다문화, 돌봄교실 아이들이 주인공입니다.

<제2장>
해를 닮은 아이들

● 해를 닮은 아이들은 엉뚱하고 발랄한 아이들이 주인공입니다.

<제3장>
별을 닮은 아이들

● 별을 닮은 아이들은 오랫동안 기억나는 추억이 깃든 아이들이 주인공입니다.

제 1 장

달을 닮은
아이들

01

빈 도시락

)

5월, 현장 학습을 갈 때였다. 교문에 들어서니 등굣길 양쪽으로 하얀 꽃이 잔뜩 피어 있었다. 이팝나무였다. 이 나무는 예전에 먹을 것이 귀했던 시절, 사발에 소복이 얹힌 흰 쌀밥처럼 꽃이 피었다 해서 '이밥 나무'라고도 했다. 흰 꽃이 많이 피면 풍년이라는데, 해마다 학교에 이팝나무꽃은 활짝 피는데 우리 학교에는 형편이 어려운 아이들이 무척 많았다. 재우도 그런 아이였다.

재우는 1학년 우리 반이었는데, 방과 후에는 돌봄교실에 갔다. 조선족인 재우 어머니는 늦은 나이에 재우 아버지와 결혼하셨다. 늦둥이에 외동인 재우는 평소 지각이 잦았는데, 주로 아침밥을 먹다가 늦었다는 것이다. 처음엔 아침밥 핑계를 대나 싶었는데, 자세히 알아보니 그게 아니었다. 재우 어머니는 재우가 늦잠을 자도 깨우지 않고 푹 자게 놔뒀다가 재우가 일어나면 그제야 아침밥을 차려 주었다. 입맛이 없다고, 먹기 싫다고 해도 소용없었다. 재우는 아침밥을 다 먹고야 학교에 갈 수 있었는데, 재우 어머니가 그렇게 재우의 아침을 꼭 챙겨 먹이는 이유가 있었다. 재우는 돌봄교실에서 늦게까지 있어서 점심은 학교 교실에서, 저녁은 돌봄교실에서 먹었다. 그렇기 때문에 재우 어머니가 아들에게 밥을 챙겨 줄 수 있는 건 아침 한 끼뿐이었다.

현장 학습을 가는 날까지 지각을 할까 봐 걱정했는데 재우가 제시간에 왔다. 재우에게 아침밥은 잘 먹었냐고 물어보니, 일찍 일어나 누룽지 한 그릇 뚝딱 먹고 왔다고 했다. '현장 학습 가는 날인데 누룽지라니?' 좀 이상하긴 했지만, 재우네는 그런 음식을 즐겨 먹나 보다 했다.

현장 학습을 하기 위해 버스를 타고 체험 농원에 갔다. 우리 반 아이들은 화분에 꽃모종을 심고, 잔디 썰매를 타고, 난타를 배워 연주했다. 재우는 느릿느릿 움직이고 하품을 하던 교실에서의 모습이 아니었다. 후다닥 재빠르게 움직이고, 다른 아이들이 하는 것은 빠짐없이 참여했다.

아이들이 가장 기다리는 점심시간이 되었다. 자리를 잡고 앉아 도시락을 꺼냈는데 재우의 도시락은 비어 있었다. 재우 짝 꿍이 눈을 휘둥그렇게 뜨고 물었다.

"넌 왜 아무것도 안 싸 왔어?"

"어? 도시락만 가져오라고 했는데!"

재우는 뭐가 이상하냐는 듯 당당했다. 재우는 엄마가 챙겨준 도시락을 꺼내 놓았다. 아무것도 들어 있지 않은 빈 도시락이었다.

아차, 이를 어쩌나! 재우의 빈 도시락을 본 나는 문득 어제 알림장 내용이 떠올랐다.

내일 현장 학습 준비물: 도시락, 물, 간식 약간, 멀미하는 사람은 멀미약 먹고 오기, 운동화, 편한 복장, 모자

재우의 가방에는 물 한 병과 과자 한 봉지, 그리고 빈 도시락만 들어 있었다. 문제는 도시락이었다. 재우가 도시락만 챙긴 건 돌봄교실에서의 습관 때문이었다. 돌봄교실에서는 저녁 먹을 때 빈 도시락을 가져가면 돌봄 선생님이 거기에 밥과 반찬을 담아줬다. 그래서 알림장에 쓴 준비물인 '도시락'을 재우와 재우 어머니는 돌봄교실 때와 같이 생각한 거였다.

반 아이들은 빙 둘러서서 재우의 빈 도시락을 구경했다. 나는 어떻게 하면 좋을지 고민스러웠다. 재우가 빈 도시락을 가져온 건 어쩌면 나의 실수일지도 모른다.

나는 일부러 활짝 웃으며 밝은 목소리로 말했다.

"재우야, 선생님 김밥 하나 먹어 볼래?"

나는 출근할 때 분식집에서 사 온 김밥 하나를 재우의 빈 도시락에 넣었다. 반 아이들도 내가 김밥을 두 개도 아니고 하나만 넣는 걸 보고 부담이 없었나 보다. 재우 짝꿍도 자기가 싸 온 유부초밥 하나를 재우 도시락에 올려놓았다.

"재우야, 내 것도 먹어."

그러자 옆에 있던 친구들이 자기 도시락에 있던 샌드위치, 주먹밥, 김밥 하나씩을 재우 도시락에 넣었다. 친구들의 음식이 하나씩 쌓이자 재우의 빈 도시락이 금방 가득 찼다.

"고마워."

걱정이 사라진 듯 재우의 입가에 미소가 번졌다. 그럴 줄 알았다는 듯, 당연하다는 듯 재우는 맛있게 점심을 먹었다.

'재우야, 미안해! 너에게 김밥 든 도시락이라고 귀띔이라도 해야 했는데. 그래도 점심 나름 괜찮았지?'

눈에 띄게 도와주기도, 모른 척하기도 어려울 때가 있다. 과하면 부담스럽고, 안 하면 안쓰러운 마음이 든다. 이럴 때 주고받는 작은 성의 표현과 정성이 좋은 추억이 될 수 있다. 김밥 하나, 샌드위치 한 조각처럼.

02

냄새 맡는 아이

돌봄교실에서 '희자매'는 유명했다. 희자매는 '가희, 나희, 다희' 이렇게 세 자매인데 가희는 3학년, 나희는 2학년, 다희는 1학년이다. 연년생이면 샘도 부리고 서로 싸우기도 하는데, 희자매는 사이가 무척 좋았다.

희자매의 집은 학교 옆 원룸형 빌라로, 담장을 사이에 두고 학교와 마주하고 있는 집이었다. 희자매는 아침 일찍 학교에 왔다. 학교에 오는 동안 그날 크레파스와 리듬 악기를 누가 먼저 쓸지, 그다음은 누구에게 줄지를 의논했다. 세 자매 모두 말하기를 좋아해서 등굣길에 만나는 친구들에게 인사하랴, 자매끼리 얘기하랴 시끌벅적 활기가 넘쳤다.

방과 후에는 가희만 집에 가고, 나희와 다희는 돌봄교실로 왔다. 작년까지 돌봄교실을 다니던 가희는 3학년이 되자 곧장 집으로 갔다. 엄마를 도와 심부름을 하다가 저녁에는 엄마 대신 돌봄교실에 있는 동생들을 데리러 왔다.

세 자매 중 활달하고 친구가 가장 많은 나희는 냄새를 잘 맡는 아이로 소문났다. 나희는 냄새만 맡고도 친구가 미래에 뭘 할지 알아맞힌다는 거였다.

돌봄교실에서 저녁 식사를 하고 나면 아이들이 많이 가고 얼마 남지 않는다. 그쯤이면 나희 주변에 아이들이 하나둘 모여들었다. 아이들은 한 명씩 나희에게 자기가 앞으로 뭐가 될지 물었다. 옆에서 지켜보던 나는, 처음에는 아이들이 하는 놀이 정도로 여겼는데, 가만 보니 제법 분위기가 진중했다. 그 모습이 어찌나 진지한지 나의 미래도 묻고 싶을 정도였다.

예쁘장한 여자아이가 떨리는 목소리로 물었다.

"흠, 나희야, 내 꿈이 탤런트인데 될 것 같니?"

나희는 긴 눈을 감고 한참 동안 탤런트가 꿈이라는 아이의 냄새를 맡기 시작했다. 옆에 있던 친구들까지 숨을 죽이고 나희의 말에 귀를 기울였다.

"으흠, 이상한데. 다시 한번."

눈을 뜬 나희는 살짝 코를 치켜들고 다시 눈을 감더니 그 아이의 냄새를 구석구석 맡았다.

드디어 눈을 뜬 나희가 고개를 갸웃거리며 말했다.

"이상해. 너, 탤런트가 아니라 가수 냄새가 나는데?"

탤런트가 꿈이라던 친구는 펄쩍 뛰며 놀랐다.

"어머. 나 사실은 가수가 하고 싶었는데!"

그 친구는 정말 가수가 된 것처럼 박수를 치며 좋아했다.

옆에 있던 친구들도 나희에게 자기의 냄새를 맡아 달라고 했다. 막내 다희는 그런 언니를 아주 자랑스럽게 바라보았다. 냄새 맡기가 거의 끝나갈 무렵, 다희가 언니에게 다가갔다.

"언니, 나는 무슨 냄새가 나?"

나희는 다가온 동생을 보며 활짝 웃었다.

"너도? 잠깐만."

나희는 동생을 요리조리 돌려가며 냄새를 맡았다. 다른 아이보다 서너 배는 더 오래.

"넌 아주아주 좋은 냄새가 나."

"나도 연예인 돼?"

"넌 연예인 아니고 그냥 일반인이야!"

"일반인이 뭔데?"

"그냥 우리 엄마 같은 사람!"

그러자 다희는 고개를 끄덕이며 소리쳤다.

"좋아, 좋아. 난 일반인 할래!"

나희와 다희는 돌봄교실에서 방과 후 수업, 숙제, 저녁밥까지 먹고 언니를 기다렸다. 드디어 기다리고 기다리던 가희가 오면 희자매는 마치 이산가족이 상봉이나 한 듯 서로 반가워했다.

나희가 긴 눈꼬리를 올리며 물었다.

"언니, 왜 이렇게 늦었어?"

나희의 물음에 가희는 어른처럼 한숨을 쉬며 말했다.

"엄마가 몸이 아파서. 알잖아. 엄마, 동생 가져서 힘들어."

희자매가 집으로 가자, 돌봄 전담 교사가 나에게 다가와 슬쩍 알려줬다.

"가희네 엄마가 넷째를 임신하셨대요. 몸도 약하고 방도 하나 라는데 어쩌나."

그 후에도 가희는 늦게 오는 날이 잦았다. 그때마다 나희와 다희는 자꾸 복도에 나와서 자기 집을 올려다보았다. 복도에서 보면 희자매의 집이 보였다. 집 안에 불은 한참 전부터 켜져 있 는데 저녁밥을 다 먹어도 언니가 오지 않으니까 아예 복도에 나와 기다리는 거였다. 그렇게 한참을 기다린 후에 가희가 오고, 세 자매가 만나면 아이들은 다시 생기가 돌았다.

헤어진 시간이 길어서 그랬을까? 세 자매는 만나자마자 수다를 떨곤 했다. 밤늦게야 서로 만난 자매는 쫑알쫑알 얘기를 주고받으며 '후후, 하하, 히히' 웃었다. 교문에서 집으로 가는 거리는 고작 1~2분 거리인데, 희자매는 12시간이 지나서야 겨우 만날 수 있었다. 그렇게 오랜 시간 헤어져 있다가 다시 만난 희자매는 서로 어깨동무를 하고 활기차게 교문을 나섰다.

03

밤 10시, 엄마를 기다려요

밤 10시에 학교에 가본 적이 있는가? 분명 늘 보던 교실과 복도인데도 모든 광경이 달라 보인다. 그 시간 아무도 없는 교실에 혼자 있으면… 무섭다. 나는 돌봄교실 관리 교사라 늦게까지 학교에 남아 있곤 했다. 3층 우리 교실만 애꾸눈처럼 불을 켜 놓고 있다가 화장실에 가려면 가는 길마다 불부터 켜기 시작한다. 복도의 불을 켜고, 화장실에 들어가기 전 불을 켠다. 아무렇지 않던 화장실도 밤에는 천장과 바닥에서 뭐가 불쑥 나올 것만 같다.

1층은 딴 세상이다. 돌봄교실이 있어서 이곳만큼은 밤에도 대낮처럼 환하게 불을 밝힌다. 복도와 화장실뿐 아니라 운동장도 환해서 마치 부모님을 기다리는 아이들 마음 같다.

그해는 저녁 9시가 아니라 10시까지 '방과 후 돌봄교실'을 운

영했었다. 9시까지만 운영하다 밤 10시까지 연장한다니 돌봄 학부모님들은 환영하는 눈치였다. 밤늦게까지 아이를 맡아주는 저녁 돌봄교실, 직장 다니는 학부모에겐 고마운 곳이지만 과연 아이들에겐 어땠을까? 아침 일찍 집을 나온 아이들은 부모님이 데리러 올 때까지 학교에서 기다려야 했다.

예지는 1학년 우리 반인데, 연년생 언니와 돌봄교실에서 가장 오래 머물다 가곤 했다. 예지는 아이들이 하나둘 집으로 갈 때마다 문을 쳐다보며 엄마를 기다렸다. 밤 9시가 넘으면 자매만 남아 꼬박꼬박 졸기도 했다. 그러다 엄마가 오면 두 팔을 벌리고 달려가서 "왜 지금 왔어? 기다렸잖아." 하며 엄마를 꼭 끌어안았다. 집에 갈 때도 예지는 엄마의 손을 꼭 잡고 놓지 않았다.

예지는 밤늦게 집에 가고 아침 일찍 학교에 왔다.

"엄마는 어제 일찍 퇴근했는데 아빠랑 싸우느라 늦게 온 거래요."

예지는 밤사이 있었던 얘기를 내게 풀어놓았다. 그러다 엄마에게 한 것처럼 내 손을 잡고는 쿡쿡 웃었다.

"선생님, 우리 엄마, 아빠 결혼식 한대요."

나는 예지가 뭘 모르고 한 소리인 줄 알았다. 그런데 정말 예지 어머니가 청첩장을 가지고 오시는 게 아닌가. 예지 할아버지가 싸우지 말고 잘 살라며 늦은 결혼식을 하도록 지원해 주었단다. 예지 어머니는 신혼여행도 갈 거라며 예지의 체험 학습을 신청했다. 예지가 학교에 오지 않은 일주일 동안 돌봄교실은 썰렁하기 그지없었다.

예지가 돌아온 날, 그동안 하고 싶은 말을 어떻게 참았을까 싶을 정도로 아침부터 이야기 보따리를 풀어놓았다.

"결혼식 날 우리 엄마 정말 예뻤어요! 아! 그리고 저는 언니랑 화동도 했고요. 그리고 엄마, 아빠는 제주도로 신혼여행 갔고, 우리는 이모 집에서 기다렸어요. 엄마, 아빠가 올 때 선물을 사 왔는데 뭔 줄 아세요?"

처음엔 비밀이라더니 입이 간질간질해서였을까, 이내 돌하르방과 초콜릿을 선물로 사 왔다며 자랑을 했다.

예지 부모님은 결혼식을 하고도 별로 달라지지 않았던지, 예지는 아침에 교실에 오면 슬며시 내 손을 잡고 얘기했다. 저녁에 아빠는 소리를 질렀고, 엄마는 슬퍼서 밤새 울었다고 했다. 그런 날엔 예지의 머리는 엉망이었다. 숱이 적고 긴 예지의 머리를 묶어주면서 나는 예지 어머니와 얘기해야겠다고 마음먹었다.

그날은 밤 10시가 됐는데 예지 어머니가 오지 않았다. 아이들이 다 귀가하는 걸 보고 퇴근하던 나에게 돌봄 전담 교사가 말했다.

"예지 어머니가 곧 오신다고 했으니까 선생님은 얼른 퇴근하세요. 집이 멀어서 지금 가도 11시잖아요."

그날 난 어쩔 수 없이 밤 10시가 조금 넘어 퇴근을 했는데, 퇴근을 하면서도 어쩐지 불안한 마음이 들었다. 이후에 들은 이야기인데, 곧 오겠다던 예지 어머니는 내가 퇴근을 한 후 한참이 지나서야 학교에 왔다고 한다. 그전에는 술 취한 목소리로 전화해 "친구를 대신 보낼 테니, 아이를 보내 달라."고 했단다. 돌봄 전담 교사는 아이의 귀가는 '학부모 동행'이 원칙이라 그럴 수 없다고 하였고, 이후 한참이 지나서야 와서는 "왜 사람을 오라 가라 하냐?"면서 고래고래 소리를 질렀다고 한다.

다음 날 아침, 예지는 학교에 늦게 왔다.

난 걱정이 되는 마음으로 예지에게 물었다.

"엄마는 어떠시니?"

"자고 있어요. 어제는 일찍 퇴근해서 계속 술을 먹었대요."

내 손을 잡은 예지의 작은 손이 파르르 떨렸다.

어젯밤, 예지는 그런 줄도 모르고 하염없이 엄마를 기다렸다. 그런데도 예지는 늦게 온 엄마에 대해 서운함보다 밤새 아픈 엄마 걱정을 하고 있었다.

"아빠가 직장에서 또 잘려서 술 마셨대요. 엄마가 술 안 마시면 정말 좋은데."

이후 난 예지 어머니를 만나 잠시 시간을 내어달라고 해서 이야기를 들을 수 있었다. 예지 어머니는 고등학교 때 만난 첫사랑과 결혼했지만, 경제적인 이유 때문에 남편과 많이 다툰다고 했다. 예지와 언니를 잘 기르고 싶은데 안정적인 직장이 없어 많이 힘들어했다. 문득 자녀가 둘인 부모에게는 직장과 육아 시간을 보장하면 얼마나 좋을까 싶었다. 그러면 예지는 엄마, 아빠와 화목하게 잘 지낼 수 있을 텐데. 밤 10시까지 애타게 엄마를 기다리지 않아도 될텐데. 얼마 뒤, 예지네는 직장이 생겼다며 할아버지가 사는 곳으로 이사를 갔다.

가끔 밤 10시가 되면 예지 생각이 난다. 늦은 밤까지 엄마를 그리워하며 기다리던 예지는 지금 어떻게 지낼까? 할아버지가 사는 곳에 갔으니, 엄마가 일찍 와서 가족끼리 따뜻한 저녁을 먹을까.

함께 돌봄교실에 있던 아이들이 한 명, 한 명 집으로 갈 때마다 부러운 눈으로 바라보던 예지의 눈빛을 지금도 잊을 수가 없다. 내 손을 꼭 잡았을 때 나뭇잎 같던 가벼움과 따뜻함도 생생

하다. 예지가 잡고 싶은 건 내 손이 아니라 엄마 손이었을 텐데. 지금이라도 예지가 가족과 함께 오붓한 저녁 시간을 보내길 간절히 바란다.

04

선생님이 깨워 주세요

오전 9시, 준영이 자리가 또 비어 있다. 2학년 3반 아이들이 다 와 있어서인지 유독 준영이의 빈자리가 눈에 띄었다. 준영이 아버지는 요리사인데, 손님이 많으면 밤늦게 퇴근한다고 했다. 아버지와 둘이 사는 준영이는 아버지를 기다리다 늦게 자고 늦게 일어나곤 했다. 부쩍 지각이 잦자 나는 걱정되어 준영이 아버지께 전화를 걸었다. 아버지는 내 전화에 펄쩍 놀랐는데, 그 때문인지 얼마 동안 준영이는 학교에 일찍 왔다. 어떤 날은 눈곱을 매단 채 달려왔고, 어떤 날은 티셔츠를 거꾸로 입고 왔다. 하지만 일주일쯤 지나자 준영이는 다시 늦기 시작했다.

준영이가 학교에 늦은 날, 난 방과 후에 준영이에게 왜 늦었는지 물었다.

"아빠가 한 번만 깨워 줘요."

준영이는 자기를 한 번만 깨우고 다시 쿨쿨 자는 아버지를 탓했다. 아버지가 깨워 줄 때 벌떡 일어나야 하는데, 그러지 못하면 또 지각을 하는 것이다. 그때 집에 같이 가려고 옆에서 기다리던 준영이의 단짝 친구가 말했다.

"내가 너희 집에 가서 깨워 줄까?"

"정말?"

준영이만큼 나도 반가운 말이었다. 다음 날 아침, 단짝 친구는 준영이를 깨워서 같이 학교에 왔다. 나는 단짝 친구와 준영이를 향해 엄지척을 날리며 대단하다고 칭찬해 주었다. 교사인 나도 하기 힘든 일을 단짝 친구가 해낸 것이다. 그런데 3일째 되는 날, 준영이는 못 오고 단짝 친구만 터덜터덜 혼자 학교에 왔다.

"선생님, 준영이 깨우는 거 못하겠어요. 아무리 불러도 나오지 않아요."

단짝 친구는 준영이 때문에 자기까지 늦었다며 입을 불쑥 내밀었다.

그날, 준영이는 2교시가 끝날 무렵에야 학교에 왔다. 또다시 지각을 한 게 마음에 걸렸던지, 말이 없던 준영이가 쭈뼛쭈뼛

다가와 겨우 한마디를 건넸다.

"학교에 늦게 오면 안 돼요? 오후반이 있으면 좋겠어요."

준영이의 말에 그를 기다렸던 단짝 친구가 끼어들었다.

"야, 중학교, 고등학교 형아들은 더 일찍 가. 네가 유치원생이
냐?"

그 말에 준영이는 얼굴이 확 붉어지더니 단짝 친구에게 소리
쳤다.

"나 유치원생 아니거든. 혼자 일어나려고 해도 안 돼서 그런
거거든."

난감했다. 2학년 학생이면 보통 부모가 깨워 주는 경우가 많
은데, 준영이는 그럴 처지가 아니었다. 전날에도 준영이 아버
지는 일이 늦게 끝나 새벽이 돼서야 집에 들어왔다고 했다. 이
럴 때 야단치면 준영이가 너무 서러울 것 같았다.

"준영아, 늦긴 했지만 그래도 학교 온 건 잘했어!"

혼이 날 거라고 생각했던 준영이는 내 말에 눈이 휘둥그레졌다.

"학교 지각하지 않게 선생님이 도와주고 싶은데, 어떻게 하면
좋을까?"

내 말에 준영이가 눈을 껌벅껌벅하며 잠시 생각하더니 말했다.

"선생님이 깨워 주세요."

"뭐라고?"

나는 준영이의 말에 무척 당황스러웠다. 어떻게 아침마다 준영이를 깨워 준단 말인가? 단짝 친구처럼 준영이 집에 가서 깨워 줄 수도 없었다. 그러면 우리 반 애들은 자기도 그렇게 해 달라고 할 텐데.

"흠, 선생님이 아침마다 전화해서 깨워 줄까?"

고민을 하다 건넨 내 제안에 준영이는 기분이 좋은 듯 고개를 끄덕였다. 준영이는 자기는 핸드폰이 없다며 아빠 핸드폰으로 전화해 달라고 당차게 말했다. 나는 알았다며, 선생님이 전화하면 꼭 받으라고 말해 주었다.

모닝콜을 하는 첫날, 신호음이 들리자마자 준영이가 전화를 받았다.

"네. 선생님."

둘째 날은 첫째 날보다 조금 있다가 전화를 받았다.

"…네. 선생님."

그다음 날부터는 들쭉날쭉했다. 한참 동안 아무도 받지 않거나, 끊어질 때쯤 아버지가 받아서 준영이에게 넘기기도 했다. 그럴 때는 전화기 너머로 준영이와 아버지의 생생한 목소리가 들렸다.

"준영아, 선생님 전화 왔어. 빨리 학교 가!"

"에이, 몰라!"

이대로 간다면 나와 준영이 사이가 나빠지지 않을까 걱정되기도 했다.

어떨 땐 전화는 받았는데 아무 소리가 없을 때도 있다. 그러면 내 목소리는 점점 높아지고 애가 탄다.

"준영아, 준영아?"

한참 있다가 꿈속에서 헤매는 준영이 목소리가 조그맣게 들렸다.

"…네."

선생님 속이 터지는지도 모른 채, 비몽사몽 중인 듯한 준영이의 목소리. 하지만 여기서 물러서면 준영이가 그냥 또 잠들 수 있기에 이대로 포기할 수는 없었다.

"준영아!!! 학교 와야지."

이처럼 모닝콜이 항상 성공적이진 않았다. 아예 전화를 안 받는 날도 있었는데, 그런 날에는 줄기차게 전화를 했다. 그렇게 내 기운을 쏙 빼놓고 나타난 날이면, 늦게라도 학교에 온 준영이가 무척 반가운 나와는 달리 준영이는 일부러 나를 못 본 척 피하곤 했다. 전화를 받고 학교에 일찍 온 날은 또 달랐다. 한

번에 모닝콜을 받은 걸 자랑하듯 내 앞에 와서 아는 척을 하고 인사도 했다. 그런 날 준영이의 얼굴은 아주 환해 보였다.

준영이의 얼굴이 환한 날이 또 있었다. 그날은 마을 음악회 때였다. 마을 음악회는 학교 옆 공원에서 열렸는데, 나는 그날 학교 선생님 몇 분과 함께 음악회에 참석했다. 그날 준영이는 흰 목티에 나비넥타이를 멋지게 하고서 리코더를 연주했다. 교실에서는 리코더를 못 분다고 그렇게 엄살을 부리더니 음악회에서는 마을 친구들과 함께 신나게 악기를 연주했다. 가로등 불빛과 새로 설치한 조명등까지 환히 비춰서 그런지 내 눈에는 준영이가 제일 잘하는 것처럼 보였다.

그날 음악회는 들썩들썩한 마을 잔치였다. 한복을 입은 민요 가수들이 와서 어른들이 좋아하는 우리 가락을 노래하고, 초등학교 오케스트라 단원들이 『캐리비안의 해적』 영화 음악을 연주했다. 중간중간 추첨으로 선물도 나눠 주고 팝콘도 튀겨 주었다. 팝콘 기계 앞, 길게 늘어선 줄을 지나칠 때였다.

"선생님, 이거요."

내 뒤에서 누군가 부르는 소리에 뒤돌아보니 준영이가 서 있었다. 준영이는 날 부르고서 슬며시 종이봉투를 내미는데, 그게 무언가 싶어 안을 보니 팝콘이 들어 있었다. 한참 동안 줄을 서서 받은 팝콘을 내게 준 것이다. 봉투에서 팝콘 하나를 집어 먹어 보니 고소하고 따뜻했다. 준영이에게 같이 먹자니까 자기는 또 받으면 된다며 달아나 버렸다. 가을밤, 가느다란 초승달이 뜨고 서늘한 저녁이었지만 준영이가 내민 팝콘 때문에 포근하고 훈훈했다.

"선생님이 깨워 주세요!"

이 말을 하는 준영이는 당당하고 사랑스러웠다. 준영이가 앞으로도 쭉 당당하게 살았으면 좋겠다. 그렇게 살아가도록 학교와 지역 사회, 국가가 준영에게 든든한 힘이 되었으면 좋겠다. 나의 모닝콜은 늦게 받거나 아예 수신 거부를 당할 때도 있었지만 그래도 괜찮았다. 준영이는 가끔 지각하고, 자주 일찍 왔다. 모닝콜로 부족했는지 준영이는 아버지와 마트에 가서 '알람 시계'도 샀다고 자랑했다. 알람 시계 덕분인지, 모닝콜 덕분인지 모르겠지만 준영이의 지각은 점점 줄어들었다. 그렇게 준영이는 3학년이 되었고, 아침마다 애타게 전화하던 나의 짝사랑도 끝이 났다.

05

돌봄교실의 에드와르도

돌봄교실 아이들은 그림책 읽어 주는 것을 좋아한다. 국어나 수학 공부를 하자고 하면 아이들은 "지금까지 공부하고 왔는데 또 해요?" 하며 싫어한다. 그럴 때 아이들에게 "가운데 자리에 앉으세요." 하며 러그 매트를 가리킨다. 그럴 때면 아이들 입이 살짝 벌어지며 착착 질서 있게 매트 위에 앉는다. 그림책을 읽어 주는 줄 아는지 떠들던 아이들도 점점 조용해진다.

나는 그림책 표지부터 찬찬히 보여 주며 아이들에게 묻는다.

"여기 있는 주인공 기분이 어때 보이나요?"

"화났어요."

"슬퍼 보여요."

"욕하는 거 같아요."

여기저기서 툭툭 나오는 말은 각자 자기 기분을 말하는 것 같다. 그림책만 읽으면 15분이 채 안 걸리지만, 사이사이 아이들 이야기를 듣노라면 40분이 훌쩍 지나간다.

"다 못 읽은 건 내일마저 읽어 줄게요."

아이들은 아쉬움과 호기심을 갖고 내일 수업을 기다렸다.

그림책이 좋은 이유는 자연스럽게 자기 이야기를 풀어 놓을 수 있어서다. 아이들은 방귀, 똥 이야기에 깔깔거리고, 돼지와 늑대 같은 동물과 장난꾸러기가 나오면 더 귀를 쫑긋 세운다.

『에드와르도 세상에서 가장 못된 아이』는 돌봄 아이들이 좋아해서 서너 번 읽어 준 책이다. 주인공 에드와르도가 어른들에게 심술꾸러기, 사나운 녀석이라고 야단맞으면 아이들은 '오호~' 하며 재미있어 한다. 마치 자기는 그 정도 장난꾸러기는 아니라는 듯 우쭐한 표정까지 짓는다.

그러다가 에드와르도가 발로 찬 화분이 우연히 흙 위로 떨어져 식물을 잘 기르는 아이로 소문나고, 개에게 물 한 바가지를 뿌렸는데 깨끗이 씻어 줬다고 칭찬을 받으면 '우와아~' 하고 웃는다. 에드와르도가 세상에서 가장 못된 아이에서 가장 사랑스러운 아이가 되어 갈 때쯤, 아이들은 '그럼 나도 사랑스러운 아이 맞나?' 하는 표정이 된다.

돌봄교실에도 에드와르도 같은 아이가 한 명 있었다. 못된 아이와 사랑스러운 아이를 수시로 오가는 아이, 바로 철휘였다. 부모님은 모두 ○○인이지만, 철휘는 한국에서 태어났고 한국말도 잘했다.

봄이면 학교 둥근 화단에 작은 꽃들이 피어났다. 해마다 꽃모종을 사다가 심고, 작년에 심은 꽃들도 피어나서 화단은 화사한 꽃밭이 된다. 어느 날 철휘는 아무도 안 보는 줄 알고 화단에 오줌을 누었다. 마침 그걸 본 여자아이가 달려와서 일렀다.

왜 그랬냐고 물었더니, 철휘는 해맑은 표정으로 대답했다.

"거름 되라고요."

얼마 뒤 철휘는 화단에 핀 꽃을 꺾어 왔다. 처음엔 입을 꾹 다물고 말이 없더니 야단을 맞고서야 꽃을 꺾은 이유를 털어놓았다.

"요건 선생님, 요건 엄마 주려고 했다고요."

철휘는 꼭 쥔 주먹을 폈다. 양 손바닥에 꽃이 한가득이다. 나한테 주려고 딴 꽃은 오른손바닥에 있었다. 나는 고개를 흔들면서 학교에 있는 건 함부로 따면 안 된다고 알려 주었다.

"밤만 되면 동네 사람들이 학교 숲에 열린 살구와 앵두도 따는데요?"

철휘는 고개를 갸웃거리며 억울해했다. 학교의 주인인 자기가 꽃을 따는 건 괜찮은 줄 아는 거 같았다. 이런 못된 녀석이 있나, 이런 사랑스러운 녀석이 있나. 하루에도 몇 번씩 철휘를 보면서 뒷목을 잡았다가 웃다가 나도 참 미칠 지경이었다.

또 어느 날은 돌봄교실에서 남자아이들이 블록 놀이를 하다 말고 숙덕거리고 있었다. 둥그렇게 모여서 어떤 이야기를 하는지 궁금해 슬쩍 다가가서 귀를 기울였다. 우리 학교는 다문화 아이들이 많아서 돌봄교실 아이들도 부모님이 외국인인 경우가 많았다. 그래서인지 수호가 부모님과 ○○에 다녀온 이야기를 하고 있었다.

"한국은 엄청 깨끗한데 ○○의 길거리는 지저분했어."

철휘는 수호의 말에 잠시 생각하더니 말했다.

"확실히 깨끗한 거에서는 한국이 이겨. 하지만 ○○이랑 한국이 진짜로 싸우면 어떻게 될까?"

"○○이 이겨. 무기도 많잖아."

"한국이 이기지. 얼마나 싸움을 잘하는데."

나는 1학년 아이들이 이런 이야기를 하는 것이나, 자연스럽게 부모의 나라와 한국을 비교하는 거에 놀랐다.

"철휘, 넌 어떻게 할래?"

웬일로 한참 동안 말이 없던 철휘가 소리쳤다.

"난 한국과 ○○주)이 안 싸우면 좋겠어. 사이좋게 지내라고 화해시킬 거야."

아이들은 머리를 맞대고 다시 모여서 블록 놀이를 했다.

학교에서 다문화 아이들이 점점 많아지고 있다. 이 아이들도 우리나라의 아이들이고, 우리나라 미래의 주인공이다. 철휘는 자라서 한국과 ○○을 화해시키고 응원하는 멋진 어른이 될 것이다. 역시 철휘는 사랑스러운 아이이다.

주) 해마다 다문화 아이들의 출생 비율이 높아지고 있다. 우리 학교는 전체 학생 중 다문화 학생이 비율이 50%가 넘었다. 이 글은 교실에서 아이들의 대화를 쓴 것으로, 순수하게 읽어 주길 원해 특정 국가를 지칭하는 대신 ○○으로 표기했다.

06

가장 소중한 보물

세계를 여행하는 TV 프로그램을 가끔 본
다. TV에 나오는 여행자는 멋진 유적이나 풍경을 찾아다니다
현지인의 집을 방문하기도 한다. 화면에 아이들의 모습이 나오
기라도 하면 내 눈은 순간 반짝인다. 하얀 치아를 드러내며 활
짝 웃는 아이들을 보면 나는 안심이 된다. 엄마나 아빠가 함께
있으면 더 마음이 놓인다. 세계 어디서나 아이들에게 부모란
그런 존재인가 보다. 아이들이 보물이라면 부모는 보물 상자
다. 든든하고 안전하게 보물을 지키는 보물 상자.

우리 반 애라는 엄마에게 보물이었다. 입학식 날 비싼 가방과
옷을 입고 있는 애라와 달리, 옆에 있는 애라 어머니는 초라한
옷차림이었다. 학부모 상담 때 만난 애라 어머니는 딸에 대한
기대를 감추지 못했다. 애라 어머니는 자신은 못 배워서 하고

싶은 걸 못 했지만, 딸에게만큼은 다 해주고 싶다고 했다. 그러면서 애라의 꿈이 '선생님'인데, 어떻게 하면 되냐고 물었다.

애라는 교과서에서 튀어나온 아이 같았다. 줄을 바르게 서고, 자기 자리에 반듯하게 앉는다. 책을 막힘없이 읽고, 쓰기를 할 때 겹받침을 빠뜨리는 실수도 하지 않았다. 획순에 맞게 반듯하게 써서 애라처럼 쓰고 싶어 하는 반 아이들이 많았다.

받아쓰기를 하면 대부분 한두 개씩은 틀리기 마련인데 애라는 늘 백 점이었다. 어떻게 그러냐며 아이들이 물으면 "연습하면 다 되는데"라고 답했다. 언젠가 애라가 아이들 몰래 내게 살짝 말해 준 게 있다. 자신은 엄마랑 받아쓰기 연습을 열 번씩이나 한다고.

"책이 두 권씩 있어요. 집에서 공부하는 책으로 한 번씩 미리 공부해 와요."

애라는 학교와 집에서 공부하는 교과서가 따로 있었다. 그래서 수학 문제도 틀리지 않고, 발표도 잘하는 거였다. 애라 어머니는 애라를 위해 직장을 두 곳이나 다니고 있었다. 저녁에 퇴근하고 난 후, 밤에 또 다른 일을 하는 식이었다.

나는 그런 애라가 기특하기도 했지만, 한편으로는 안쓰러웠다. 애라가 1학년 또래 친구들과 잘 어울리고, 잘 놀기를 바랐다. 나는 교실과 운동장에서 체조와 놀이 활동을 많이 하고, 동요와 율동을 신나게 같이했다. 도서관에 가서 책을 읽고 몇 권씩 빌려오기도 했다. 애라는 그림책을 좋아했는데, 내가 그림책을 읽어 주면 애라는 눈을 반짝이며 들었다.

초여름, 애라가 울먹이며 말했다.

"선생님, 엄마가 아프셔서 수술해야 한대요."

건강 검진에서 암 진단을 받아 급하게 수술하게 된 애라 어머니. 엄마와 둘이 살던 애라는 엄마가 수술을 받는 동안 이웃집 지인이 잠시 맡아주기로 했다. 엄마는 간단한 수술이니 걱정하지 말라고 애라를 안심시켰다. 초기 암이라 수술만 하면 금방 완쾌될 거라고 했다.

엄마가 병원에 입원하는 동안 애라는 혼자서 숙제도 하고 준비물도 챙겼다. 엄마와 처음 떨어져 봐서 무척이나 불안했을 텐데, 애라는 잘 참고 기다렸다. 그런데 수술 후 금방 올 거라던 애라 어머니는 끝내 회복하지 못하고 돌아가셨다.

엄마와 헤어지고 몇 주 만에 애라는 엄마를 장례식장에서 만나게 되었다. 장례식장에서 본 애라는 정말 작고 여린 1학년 어린아이였다. 엄마가 있을 때 어른스럽고 의젓하던 애라는 철부지가 되어 있었다. 엄마가 돌아가신 걸 모르는 아이처럼 여기저기 뛰어다니고, 내가 온 걸 반가워했다.

장례식장에 손님은 별로 없었다. 외할머니와 이모는 애라를 보며 고개를 떨구었다. 그들은 애라의 거처를 마련하지 못해 한숨만 내쉬었다. 애라 친아버지와 연락이 닿았지만, 이미 오래전 재혼한 상태라 애라를 돌봐 줄 형편이 안 되었다.

장례식이 끝나고 돌아온 애라는 이웃집에 그대로 머물렀다. 애라의 변하는 모습을 보는 건 정말 슬펐다. 가장 먼저 애라의 초롱초롱하던 눈이 잠자다 일어난 것처럼 초점을 잃어 갔다. 애라는 때때로 어디를 보는지 알 수 없는 눈으로 멍하게 앉아 있기만 했다.

어느 날, 수업 중 자기 소원을 말하는 시간이 있었다. 교과서에 알라딘과 램프 요정이 나오고 말풍선에 자기 소원을 쓰고 발표하는 공부였다. 나는 교실을 다니며 아이들이 뭐라고 썼는지 살펴보았다.

아이들의 다양하고 엉뚱한 소원들을 읽어 보다, 애라가 쓴 소원을 보게 되었다.

애라의 말풍선에는 흘려 쓴 글씨로 이렇게 적혀 있었다.

'하늘나라에 있는 엄마를 만나고 싶어요. 하늘나라에 데려다 주세요.'

아, 나는 차마 그걸 발표하라고 할 수 없었다. 애라는 그걸 쓰고는 또 창밖을 바라보았다.

늦게까지 돌봄교실에 남아 있던 애라와 많은 이야기를 했다. 어떨 때 애라는 아버지를 만나고 싶다고 했고, 아버지가 돈을 많이 갖고 찾아왔으면 좋겠다고 했다. 하지만 친아버지는 애라를 데리러 오는 대신 애라를 맡아 준 이웃 지인에게 매달 양육비를 보낼 테니 계속 돌봐 달라고 했다. 양육비는 고작 몇 달 오다 그쳤고, 이웃 지인은 더 이상 애라를 맡을 수 없다고 했다.

그림책에서 읽은 대로라면 알라딘은 램프 요정의 힘으로 부자가 됐고, 소공녀 세라는 아버지가 돌아가셔도 부자 아저씨를 만나 하녀에서 다시 공주로 돌아왔다. 하지만 애라는 6개월이 지난 후 겨울, 다른 학교로 전학을 갔다. 애라에게는 램프 요정도 부자 아저씨도 없었다. 애라는 부모가 없거나 양육을 포기한 아이들을 돌봐 주는 시설로 갔다.

애라는 엄마에게 가장 소중한 보물이었다. 엄마가 돌아가셔도 여전히 애라는 보물이다. 애라가 살아가야 할 세상이 험난한 곳, 두려운 곳이 되지 않기를 바란다. 애라가 끝까지 자신의 꿈을 놓치지 않고 살았으면 좋겠다. 딸의 꿈이 자신의 꿈인 양 기뻐했던 애라 어머니. 딸만 남겨 두고 눈을 감으면서 얼마나 원

하고 바랐을까. 나는 애라가 꼭 '선생님'이 되어 자기 자신을
더 깊게 이해하고 사랑하며 살기를 바란다.

07

우리 집도 살 거예요

입학식 날, 웅이는 학교에 오지 않았다. 주민센터에 알아보고 여러 군데 연락을 해봐도 이에 대해 아는 사람이 없었다. 다음 날, 수업이 다 끝나고서야 웅이는 엄마와 함께 학교에 왔다. 추운 날씨에 웅이는 얇은 잠바를, 엄마는 낡은 카디건을 입었는데, 옷에서 담배 냄새가 확 풍겨 왔다.

웅이는 나를 보자마자 반갑게 인사를 했다. 큰 키, 똘똘한 눈빛이 씩씩해 보였다. 웅이 어머니는 나를 쳐다보지도 않고 혼잣말을 하듯 중얼거렸다. 어제는 입학식인 걸 몰랐고, 오늘은 늦잠을 자서 늦었다며 내일부터는 일찍 학교에 보내겠다고 했다. 하지만 이후에도 웅이는 자주 늦게 왔다. 가끔 결석하기도 했는데, 그럴 때 웅이 어머니의 휴대폰으로 전화를 하면 신호만 갈 뿐 전화를 받지 않았다.

날이 좀 따뜻해진 4월 어느 날, 그날따라 웅이가 유난히 기운이 없어 보였다. 난 그런 웅이가 걱정이 되어 불러다 물었다.

"웅이야, 아침 먹었니?"

"아니요."

"그럼, 어제저녁은?"

"저녁도 안 먹었어요."

"엄마 안 계셨어?"

"엄마는 밤늦게까지 컴퓨터 게임 하다가 혼자 치킨 시켜 먹었어요."

"너는 안 먹고?"

"네. 저랑 누나는 자느라 안 먹었어요"

이게 도대체 무슨 소린지, 설마 엄마가 혼자 치킨을 먹고 애들은 굶겼다는 건 아니겠지? 저녁에 뭔가를 먹었는데 애들이 기억을 못 한 거겠지.

설마 하면서도 걱정이 된 나는 웅이 어머니에게 연락을 했다. 거의 신호가 끊어질 때쯤 전화를 받은 웅이 어머니는 느릿느릿 말했다.

"아이들이 많이 먹을 때라서 그래요. 집에서 밥은 안 하지만 식당에서 짜장면, 백반을 주문해서 먹여요."

웅이 어머니는 그렇게 말했지만, 내가 조금 더 알아보니 그 말은 사실이 아니었다. 웅이와 웅이 누나는 식당에서 밥을 시켜 먹을 때도 있었지만, 그럴 돈이 없으면 그저 굶을 수밖에 없었다. 2학년 누나와 1학년 웅이는 저녁 늦게까지 동네를 돌아다니다 분식집에서 공짜로 주는 어묵 국물을 먹을 때도 있었다.

웅이의 상황을 알게 된 나는 다시 웅이 어머니에게 전화해 돌봄교실에 아이를 보내면 저녁 급식이 무상으로 지원된다는 걸 알려 주었다. 웅이는 그 뒤로 돌봄교실에 다니게 되었고, 점심은 반에서 먹고 저녁은 돌봄교실에서 먹을 수 있게 되었다. 웅이에게 학교에서 먹는 밥은 생명의 양식이었다. 저녁까지 든든히 먹고 간 웅이는 더는 늦은 밤 분식집 앞을 서성거리지 않았다.

어린이날이 가까운 5월 초, 아이들과 1교시를 막 시작하려는데 교실로 전화가 걸려 왔다.

"여기는 ○○아동 보호 전문 기관입니다. 선생님 반에 김웅 학생 있지요?"

"오늘 결석했는데 무슨 일인가요?"

"어제 이웃에서 아동 방치로 신고가 들어와서 저희가 보호하고 있습니다."

"네? 엄마랑 같이 지내는데 방치라니요?"

나는 너무 놀라서 전화기를 든 손이 떨렸다. 웅이 어머니가 지난 주말에 구치소에 들어가서 이번 주 내내 누나랑 둘이서만 있었단다. 그러다 어제저녁에 이웃 주민의 신고로 아동 보호 기관에 가게 되었고, 거취가 결정될 때까지 누나랑 그곳에 있을 거라고 했다.

나는 웅이 누나의 담임교사와 함께 남매가 있는 곳을 찾아갔다. 웅이의 사물함에 있던 물건과 학용품과 간식을 사서 갔다.

웅이는 우릴 보고 입이 활짝 벌어졌는데, 누나도 같이 나오자 더욱 좋아했다. 공부할 때 필요할까 싶어 책과 쓰던 학용품을 챙겨갔지만, 별로 반가워하지 않는 기색이었다. 금방 학교 갈 건데 하며 왜 가져 왔냐고 했다. 대신 새 학용품과 간식을 보고는 매우 좋아했다. 나는 그런 웅이를 바라보며 물었다.

"여기서 지내는 건 괜찮니?"

"네. 좋긴 한데 누나랑 같이 있고 싶은데 안 된대요."

"왜 안 된대?"

"남자랑 여자랑 지내는 곳이 따로 있어서요. 밥 먹을 때나 만날 수 있어요."

웅이는 자기 집에 찾아온 손님에게 하듯 이곳저곳을 다니며 안내를 해주었다.

"여기서 공부를 하고요, 저기서는 책을 읽어요. 놀이 활동은 다른 층에서 하고요."

웅이는 누나의 손을 잡고 다니다가 헤어질 때가 되어 인사를 했다.

"집에 빨리 가고 싶은데… 학교에 가서 선생님이랑 또 만나요."

웅이는 아무렇지 않게 이 말을 했다. 그런 웅이를 보니 내 마음은 더욱 무거워졌다. 웅이가 집에 가도 엄마를 만나기 힘든 상황이라는 거, 웅이 엄마가 갚을 수 없는 돈을 빌려 구치소에 간 거. 빚을 갚아야 집에 올 수 있는데 그게 어렵다는 걸 차마 말할 수가 없었다.

친지 중에 웅이 어머니의 빚을 해결해 주거나, 웅이와 누나를 맡겠다는 사람도 없었다. 웅이와 누나는 엄마를 만날 때까지 장기간 돌봄 시설로 가야 했다. 처음에는 위탁 가정을 가려고 했지만, 마땅치 않았다. 위탁 가정은 소규모로 가정 같은 분위기지만 남녀를 따로 받는 곳이 많았다.

얼마 후 웅이는 규모가 제법 큰 시설이 있는 곳으로 전학을 갔다. 보호소로 가고 난 후, 우리 반에 한 번 와 보지도 못하고, 반 아이들과 작별 인사도 제대로 못 한 채.

웅이가 떠난 후, 우리 반에 웅이가 머물렀던 흔적이 하나 남아 있었다. 교실 앞판에 있는 나의 꿈 소개란이었다. 웅이의 꿈은 축구 선수가 되는 거였는데, 제일 좋아하는 선수가 '박지성'이 라고 했다. '나의 꿈 소개란'에는 활짝 웃는 웅이 사진과 웅이 가 직접 쓴 꿈이 적혀 있었다.

"축구 선수가 되고 싶어요. 돈 많이 벌면 엄마한테 용돈 드리 고 우리 집도 살 거예요."

웅이의 간절한 꿈, 그 멋진 소망이 꼭 이루어지길 바란다.

08

친아빠한테 미안하잖아

주원이는 군인처럼 짧게 자른 머리가 참 잘 어울리는 아이였다. 반듯한 이마가 돋보이고 꾹 다문 입이 당차 보였다. 깔깔 웃고 장난치는 1학년 아이들 사이에 주원이는 말없이 앉아 있었다.

수업을 시작하기 전, 나는 아이들을 바라보며 물었다.

"학교 오니 기분이 어떤가요?"

"좋아요."

"친구들이 있어서 재미있어요."

아이들의 대답 속에 작은 소리가 언뜻 파묻혔다.

"없어져야 해."

작은 소리를 따라가 보니 거기엔 주원이가 있었다. 주원이는 내가 온 줄도 모르고 중얼거렸다.

"격파시켜. 학교는 다 없어졌으면 좋겠어. 집도 싫어."

주원이는 자세도 바르고 말썽도 부리지 않아 모범생처럼 보였다. 그런 주원이가 학교를 격파시키고 싶다니, 왜 그러지? 그 말을 하는 주원이의 눈에는 아이답지 않은 분노가 서려 있었다. 내가 옆에 다가가자 주원이는 말을 멈추고 내 눈치를 살피더니 모른 척했다.

주원이는 모른 척할 때가 많았다. 1학년 아이들은 의외로 여자아이들이 더 활발하고 적극적이다. 맘에 드는 남자아이를 만났을 때는 더 적극적으로 변한다. 우리 반 여자아이 몇 명이 주원에게 다가가서 톡 건드리며 "우리 같이 놀래?" 하며 말을 걸었다. 하지만 주원이는 모른 척, 못 들은 척 다른 쪽으로 가버렸다.

달리기를 할 때도 그랬다. 주원이는 어찌나 빠르던지 휙 바람 소리가 날 정도였다. 새처럼 날쌔고 가볍게 달리는 주원이를 따라잡을 수 있는 아이는 없었다. 그렇게 빠르게 결승전에 도달한 주원이는 아무 일 없었다는 듯 행동했다. 잘 달렸다고 만세를 부르거나 자랑을 하기는커녕 시큰둥했다.

그런 주원이가 모른 척하지 않고 나설 때가 있었다. 우리 반 남자애 중에서 몸집이 가장 큰 남자아이가 가장 몸집이 작은 아이에게 "너는 동생 같아. 몸집이 작은 '유치원생' 같다고." 하며 놀리는 일이 있었다. 이때 주원이가 놀리는 아이에게 소리쳤다.

"하지 마. 놀리는 건 나쁜 거야."

몸집이 큰 아이는 깜짝 놀라서 멈추었고, 다른 아이들도 그 작은 애를 놀리지 않았다.

학부모 상담 주간에 주원이 어머니가 오셨다. 젊고 예쁜 분이었다. 주원이 어머니는 주원이의 학교 이야기를 쭉 듣더니 솔직하게 가정 이야기를 하셨다.

"선생님, 주원이가 어리지만 속은 어른 같은 면이 있어요."

"무슨 특별한 사정이 있나요?"

"엄마 걱정하느라 아이답지 않게 자라는 것 같아 속상해요."

주원이는 부모님이 이혼한 후 엄마와 둘이 살 때 자기가 엄마를 보호해야 된다고 생각했다. 엄마가 무슨 소리냐, 엄마가 너를 키우는 거라고 얘기해도 주원이의 마음은 변하지 않았다. 그러다 얼마 전, 엄마가 재혼을 했고 주원이는 엄마와 재혼한 그 남자를 '아저씨'라고 불렀다. 그때 주원이는 엄마의 눈치를 보면서 물었단다.

"엄마, 내가 꼭 아빠라고 불러야 해?"

"아니, 네가 부르고 싶은 대로 불러도 괜찮아."

주원이의 표정이 조금 밝아지길래 엄마가 슬쩍 되물었단다.

"주원아, 너 아빠라고 부르기 싫어서 그러니?"

"아니, 친아빠한테 미안하잖아."

주원이 어머니에게 그 말을 전해 듣는데 갑자기 내가 눈물이 왈칵 났다.

그랬구나. 주원아, 네가 마음이 불편했구나. 엄마를 사랑하고 아빠도 사랑하는데. 너는 누구 편도 들 수 없는 상황이라 무척 속상했구나. 그래서 가끔 학교도 격파하고 싶고, 집도 싫고 그런 거였구나. 선생님은 네 마음도 모르고 걱정을 많이 했어. 괜찮아. 주원아. 속상한 거, 화나는 거, 마음에 꾹꾹 누르지 말고 말해도 괜찮아. 그건 아주 자연스러운 거야.

내가 아이들의 이야기를 써야겠다고 결심한 것은 주원이 말 때문이었다.

'친아빠한테 미안하잖아.'

나는 지금도 이 말을 들으면 눈물이 난다.

09

미국? 아빠 차 타고 갔지

아이들이 하교한 뒤 늦은 저녁, 교실에 있는데 뒷문에서 살짝 인기척이 들렸다. 나가 보니 주은이였다. 주은이는 가끔 엉뚱한 말이나 행동을 할 때도 있지만, 자신감 있고 명랑한 아이였다.

1학년인데 아직 글을 못 읽는 주은이. 첫 발표 시간, 자기 차례가 되어 그냥 읽고 싶은 대로 막 읽다가 글을 아는 아이들이 "뭐야, 틀리게 읽잖아!" 하자 그제야 받침 없는 글자 읽기를 따로 배우는 중이었다.

읽기만 그러는 게 아니었다. 말도 자기가 하고 싶은 대로 하고, 말을 하고도 잘 잊어버려 앞뒤가 안 맞았다. 그래서 주은이 말은 한참을 가만히 자세히 들어야 알 수 있다.

"주은아, 교실에 뭐 두고 갔니?"

"아니요, 누가 왔어요."

"어디에?"

"우리 집에 누가 왔어요."

갑자기 걱정이 되었다. 누가 주은이 집에 왔단 말인가?

나는 주은이가 이 늦은 시각에 학교로 왜 달려왔는지 알기 위해 귀를 기울였다.

"누가? 누가 왔는데?"

"누가 아니에요."

"누가 아니면 그럼 뭐지?"

"뭐 아니고 아무도 없었어요."

"아~! 그래 아무도 없었구나. 그래서?"

"으스스한 생각이 났어요."

"주은이가 그런 생각이 들었구나. 그래서? 으스스한 생각이 들어서 어떻게 했니?"

"학교로 왔어요. 선생님이 생각났어요."

나는 주은이를 안아주며 말했다.

"그랬구나. 선생님 생각이 나서 학교에 왔구나. 엄마한테 전화해 볼게. 주은이가 혼자 무서워하고 있는데 언제 오시는지 알아볼게."

"네, 그런데 선생님은 우리 엄마 핸드폰 번호 알아요?"

"그럼, 선생님은 다 알지."

"와, 선생님, 정말 최고예요."

주은이 어머니는 내 전화를 받고도 한참이 지나서야 학교에 왔다. 원래 주은이는 공부 마치고 엄마 직장이 끝날 때까지 학원에 있어야 했다. 그런데 그날은 주은이가 아무 말 없이 집에 갔고, 학원에서는 그걸 몰랐다고 했다. 주은이는 엄마가 학교로 오자 신이 났다. 엄마랑 같이 가는 게 좋아서 펄쩍펄쩍 뛰며 교실을 나섰다.

다음 날 학교에 온 주은이는 자기 자리인 맨 뒷자리에 앉아서 친구들에게 미국 이야기를 했다.

"난 미국에서 살 거야. 엄마, 아빠가 이제 곧 미국으로 이사 간다고 했어."

미국이라는 말에 아이들은 솔깃해서 주은이에게 관심을 보였다.

"언제 가는데?"

"금방 갈 거야. 예전에도 살았거든."

아무리 1학년이라도 슬슬 이상한 느낌이 드는지 질문이 매서워졌다.

"금방이면 어디로 가는지도 알겠네?"

"알지. 미국에 간다니까!"

아이들은 미국에 살았으면 영어를 해 보라고 했지만, 주은이는 영어는 몰라도 된다며 미국도 우리나라랑 비슷하다고 했다. 그때 옆에 앉은 짝이 물었다.

"미국 갈 때 어떻게 갔어?"

"미국? 아빠 차 타고 갔지."

한껏 호기심을 갖고 주은이의 주변에 모였던 아이들이 '그럴 줄 알았다니까' 하는 표정으로 뿔뿔이 흩어졌다. 주은이는 1학년이 다 끝날 때까지 미국에 가지 않았다. 처음엔 친구들이 언제 미국에 가냐며 물었는데, 차츰 다들 잊었는지 더 이상 궁금해하지 않았다.

가끔 주은이는 방과 후 어스름한 저녁에 교실로 찾아왔다.

"선생님, 교실에 불이 켜져 있어서 왔어요. 왜 아직도 있어요?"

돌봄교실 때문에 밤 9시까지 있다고 말하면 주은이는 "그렇게 깜깜할 때까지요?" 하며 깜짝 놀랐다.

"선생님은 네가 더 걱정이야. 깜깜할 때 돌아다니면 안 돼, 주은아."

어린 주은이가 돌아다니기엔 세상이 너무 무섭다고 말하려다 참았다. 다행히 주은이는 태권도 학원에 다니는 언니, 오빠들이랑 같이 학교에 온 거라며 교실 가득 밝은 기운을 남기고 나갔다.

돌봄교실을 하느라 학교에 오래 있다 보면 주은이와 같은 학생도 볼 수 있고, 저녁을 먹고 운동하러 나온 학생과 학부모들을 만나 학교 운동장을 한 바퀴 도는 일도 생긴다. 모두 늦게까지 학교에 머무르기에 경험할 수 있는 일이다.

10

이거 돈가스 아니지?

운동회날이었다. 그해 운동회는 학년마다 퍼포먼스를 하면서 입장하기로 했다. 우리 2학년은 「토끼와 거북이」를 하려고 미리 미술 시간에 동물 탈을 만들었다. 아이들은 자신이 만든 탈을 쓰고서 어서 빨리 입장하길 기다렸다. 아이들 모두 입장이 기대되는지 줄을 서 있으면서도 어깨가 들썩들썩, 엉덩이가 씰룩씰룩 흥이 넘쳤다.

아이들이 기다리길 잠깐, 드디어 방송이 나오기 시작했다.

"2학년 학생들이 동물 탈을 쓰고 입장하고 있습니다. 힘찬 박수를 쳐 주세요."

그 뒤를 이어 영어로 소개하는 말이 들렸다.

"Second grade students are entering wearing animal masks. Please give him a big hand."

그다음은 우리 학교 다문화 아이들이 제일 많은 쓰는 중국어였다.

"图为2年级学生正戴着动物面具入场。请报以热烈的掌声。"

마지막은 어렵게 모신 러시아 언어 강사의 목소리가 들렸다.

"Итак, ученики второго класса, одетые в маски животных. Поаплодируйте сильно."

거북이 탈을 쓴 아이들은 엉금엉금 기어가는 흉내를 내고, 토끼 탈을 쓴 아이들은 뛰어가다 멈추고 잠자는 시늉을 했다. "와!" 구경하는 학부모들의 웃음소리에 박수 소리가 묻힐 정도였다. 다문화 학생과 학부모님을 위해 4개 국어로 방송을 한 보람이 있었다. 그날 운동회는 입장 퍼포먼스가 독특해서 입장이 끝나는 데까지 시간이 한참 걸렸다. 무지개 우산을 빙글빙글 돌리며 입장하는 학년, 깃발을 흔들면서 오는 학년도 있었다.

입장이 끝나고 줄을 서는데 제니가 나를 톡톡 치면서 작은 소리로 물었다.

"선생님, 파키스탄 말은 왜 안 해요?"

제니는 아빠가 파키스탄 사람이라 그 나라 말이 나오길 기다렸나 보다. 우리 학교에는 중국과 러시아 아이들이 많았지만 파키스탄, 베트남, 몽골 아이들도 꽤 있었다.

작년에 난 제니 언니를 가르쳐서 그런지, 올해 제니를 만났을 때 더 정이 가곤 했다. 자매이지만 제니는 언니와 많이 달랐다. 제니의 언니는 나서기를 좋아해서 눈에 띄는 아이인 데 반해 제니는 찾아야 보이는 아이다. 제니는 커다랗고 짙은 눈이 참 예뻤는데 그 눈으로 주변을 조용히 보기만 했다. 공부할 때도, 서로 발표하겠다고 해도, 춤을 출 때도 제니는 바라보기만 했다. 제니가 언니와 닮은 건 달리기를 잘하는 거였다.

제니는 개인 달리기를 하고 나더니 나에게 도장을 보여 주었다. 거기엔 '1'이라고 찍힌 파란 도장이 선명했다.

"부럽다. 선생님은 맨날 꼴등이었는데."

내 말에 제니는 커다란 눈이 더 커지더니 자기는 1등 아니면 2등이라며 은근히 자랑했다.

마지막 운동회 종목은 전 학년이 큰 공을 굴리는 거였다. 운동장에 전교생이 타원형으로 모여서 청군과 백군 머리 위로 커다란 공을 한 바퀴 굴리는 경기였다. 아이들뿐만 아니라 선생님들도 이리저리 뛰어다니며 함께했다. 우리 청군은 공을 너무 세게 굴려서 바닥으로 여러 번 떨어져 결국 백군한테 졌다.

운동회를 마치고 교실로 들어오면서 아이들은 배가 고프다고 난리였다.

"선생님, 오늘은 결석한 아이 없지요?"

제니가 내 옆으로 다가와 묻는데 나는 피식 웃음이 났다. 싸우는 아이를 보면 피하고, 웬만한 거는 다 양보하는 순한 제니가 절대 물러서지 않는 게 있었다. 바로 먹는 거였다. 후식은 정확하게 인원수만큼 나왔다. 혹시 결석한 아이가 있어 한 개라도 남으면 아이들은 저걸 누가 먹을지 침을 삼키며 집중했다. 그럴 때 내가 장난삼아 "이거 선생님이 먹어도 될까?" 하면 아무도 대답은 안 하고 도끼눈을 떴다.

그럴 때 제일 좋은 건 '그날 생일인 아이'가 먹는 거였다. 아이들은 그건 인정했다. 특별한 행운으로 그날 생일인 아이는 하나 남은 후식을 차지했다. 생일인 아이가 없는 날은 반 전체가 고민에 빠진다. 그러다가 결국 아이들이 선택한 방법은 가위바위보. 식탐이 있는 아이들이 우르르 몰려나오는데 마치 전쟁에 출전이라도 하듯 비장한 분위기다. 그럴 때 절대 빠지지 않는 아이가 바로 제니였다.

제니는 결석생이 한 명도 없다는 내 말에 순순히 고개를 끄덕였다. 그러고는 이제 어떤 반찬이 나올지, 후식은 뭘지 궁금하다며 얼른 자기 자리로 갔다. 손을 깨끗이 씻고 자리에 앉아서 기다리는 아이들. 나는 뜨거운 밥과 국을 담은 식판 뚜껑을 열었다. 물론 아이들의 관심은 밥과 국이 아니었다.

아이들은 오늘 급식에 자기들이 좋아하는 치킨, 돈가스, 돼지 갈비, 탕수육, 불고기 같은 고기반찬이 나오길 기대했다. 생선 조림이나 버섯탕수육, 두부조림이 나오면 몇 명 아이들만 좋아하고 나머지 아이들의 입은 불룩 나왔다. 아이들은 모두 커다란 반찬 통을 여는 급식 당번을 쳐다보았다. 반찬을 담은 식판 뚜껑이 열리고 급식 당번의 입이 활짝 벌어졌다.

"돈가스야!"

벙글벙글 웃는 아이들 속에서 한 사람만 얼굴이 어두운 빛으로 바뀌는 게 보였다. 제니였다. 제니의 어깨가 금세 축 내려가더니 기운 없이 줄을 섰다. 제니는 왜인지 식판에 밥도 조금 받고 국도 조금 받았다. 돈가스를 담아야 하는 곳은 아예 비워 놓고 깍두기와 콩나물 반찬만 받았다. 다른 아이들은 조금이라도 더 큰 돈가스가 자기 식판에 올라오길 기다리는데 말이다.

급식 배식을 다 하고 밥을 먹으려는데 제니가 앞으로 나왔다.

"저어, 선생님."

"응?"

제니는 눈치를 보며 머뭇거렸다.

"저기 있잖아요. 짝꿍이 받은 거 보니까 오늘 나오는 거 돈가스 아닌 것 같아요. 돈가스 아니지요?"

아, 제니는 돼지고기를 먹지 않았다. 먹고는 싶지만 먹으면 안 된다며 참는 아이였다. 대신 닭고기로 만든 치킨가스면 먹을 수 있어서 묻는 거였다. 급식 안내표에는 돈가스라고 했지만, 가끔 메뉴가 바뀌기도 하니까 제니가 그렇게 묻는 거였다. 나는 아직 안 먹은 터라 "글쎄." 선뜻 대답을 못하고 우물거렸다.

그때였다. 공부 시간에는 발표도 안 하고 조용히 지켜보기만 하던 제니가 갑자기 아이들에게 큰 소리로 물었다.

"얘들아, 이거 돈가스 아니지?"

제일 먼저 급식을 받은 아이가 한 입 먹고 말했다.

"그러네, 치킨가스 같아."

다른 아이들도 서둘러 먹더니,

"맞아"

"그래. 돈가스 아니야."

여기저기서 소리쳤다.

제니의 입이 슬그머니 벌어졌다.

"그렇지? 그럼 나도 먹어야지."

제니는 활짝 웃으며 식판을 다시 들고 가, 커다란 치킨가스를 받았다.

　밥 먹는 시간처럼 행복한 시간이 있을까? 그날은 운동회 하느라 아침부터 뛰어다녀서 밥맛이 더 좋았다. 큰 공 굴리기 경기에서 청군이 졌다고 속상해하던 아이들도 언제 그랬냐는 듯 꿀꺽꿀꺽 맛나게 먹었다. 그날 아이들은 좋아하는 메뉴가 나와 몇 배로 더 즐거운 식사였다. 제니는 어느 틈에 치킨가스를 다 먹고는 하나 더 갖다 먹었다. 우리는 아무도 급식실에 물어보지 않았다. 그날 우리가 먹은 게 돈가스는 아닐 거라며 소스를 듬뿍듬뿍 묻혀서 아주 맛있게 먹었다.

11

원미의 빈자리

원미는 학교 근처에 있는 시설에서 지내는 아이였다. 원미의 부모님은 어린 나이에 원미를 낳고 기를 형편이 안 되어 그곳에 맡기고는 찾아오지 않았다. 원미는 어릴 때부터 수십 명의 아이들과 시설에서 살다가 초등학교에 입학했다.

아이들은 학교에 입학하면 낯설어하고 수줍어하는데, 원미는 달랐다. 처음 보는 아이들과 언니, 오빠들에게도 먼저 말을 걸었다. 원미의 붙임성은 선생님들에게도 여과 없이 발휘되어 처음 만나는 선생님에게도 "결혼하셨어요? 아기는 있어요?" 하며 밝은 표정으로 물었다.

원미는 수업이 끝나고도 한참 동안 학교에 있다가 돌아갔다. 1학년들이 타는 차를 안 타고, 고학년들이 타는 차를 타고 가는 원미를 보며 선생님들은 외로워서 그런가, 학교에 있는 게 좋아서 그런가, 고개를 갸웃거렸다.

입학식이 있고 한 달쯤 지났을 때부터 1학년 교실에서 자주 뭐가 사라졌다. 처음에는 작은 물건들이라 잘 몰랐는데 여기저기서 학용품, 커피믹스, 사탕 등이 없어졌다. 그러던 어느 날, 어떤 선생님이 잠깐 교실을 비웠을 때 선생님 지갑에서 돈이 없어졌다.

교실에 도둑이 들었나 하면서 한바탕 소동이 벌어졌다. 도둑이라면 지갑을 통째 가져갔을 텐데, 돈만 없어져서 이상했다. 선생님은 교실을 둘러보다가 아이들 책상 위에 못 보던 물병을 봤다. 원미 이름이 적혀 있는 물병이었다. 선생님은 물병을 전해 주려고 원미를 불렀다가 혹시나 싶어 물건이 없어진 일에 대해 물어보니, 원미가 순순히 자기가 한 일이라는 게 아닌가? 원미는 선생님 지갑에 있던 돈뿐만 아니라 그동안 여러 교실에서 없어진 것들도 모두 자신이 가져갔다고 실토했다. 담임 선생님이 원미에게 왜 그랬냐고 물었더니, 원미는 "먹고 싶은 걸 사먹으려고 그랬다."라고 대답했다. 두 딸의 엄마인 원미의 담임 선생님은 반 아이들에게 유난히 관심이 많으셨다. 생일을 맞은 아이들에게 선물을 주며 축하하고, 원미를 따로 만나 간식도 챙겨주고 이야기를 많이 했었다. 도난 사건 이후 원미가 걱정이 된 담임 선생님은 원미를 자기 집에 데리고 가서 주말을 함께 지내기도 했다. 담임 선생님의 두 딸은 집에 온 원미를 동생처럼 챙기며 같이 외식을 하기도 했다. 나는 같은 1학년이라 그런 담임 선생님을 응원하고, 원미가 우리 교실에 오면 이야기를 들어주기도 했다.

한번은 원미 담임 선생님과 함께 원미가 사는 시설을 찾아갔다. 그곳은 제법 규모가 커서 어린아이부터 고등학생까지 있었다. 원장님, 총무님과 원미를 담당하는 복지사가 이모처럼 아이들을 보살피고 있었다. 주말이나 어린이날 같은 특별한 날에는 놀이동산을 가거나 체험 활동도 하는 거 같았다. 거기 계시던 분들도 원미에게 많은 신경을 써주고 계셨지만 원미의 행동은 쉽게 고쳐지지 않았다.

조금 괜찮은가 싶으면 또 그런 일이 생겼고, 잠잠하다 싶으면 또 도난 사건이 일어났다. 담임 선생님은 시설의 담당 복지사와 면담을 하고, 전문가에게 심리 치료도 받게 했다. 그럴 때마다 원미는 앞으로 그러지 않겠다고 약속하고 얼마 동안은 괜찮았다.

원미가 3학년 때 학교에 경찰관이 찾아왔다. 원미는 학교 근처 슈퍼마켓에 가서 초콜릿을 훔쳐다가 친구들과 나눠 먹었다. 길면 꼬리가 밟힌다고, 그와 같은 행동을 여러 번 하다가 슈퍼마켓 주인이 알게 된 것이다. 화가 난 주인은 경찰에 신고해서 경찰관을 대동하고 학교까지 찾아왔다.

원미는 경찰관이 무서웠는지 술술 다 이야기했다. 그동안 훔친 게 뭐고, 훔쳐서 어떻게 했는지 아주 자세히 말했다. 원미는 그동안 훔친 물건을 자기만 아는 장소에 숨겨 놓았다. 그 비밀 장소는 5층에 있었다. 학교에 큰 행사가 있을 때만 사용하는 5층 강당 옆 여자 화장실이었다. 여자 화장실 가장 안쪽에 있는 화장실 한 칸을 원미는 자신만의 방처럼 꾸몄다. 거기다 교실에서 훔친 컵, 물병, 머리빗, 거울과 인형을 갖다 놓았다. 교사 연구실에서 훔친 커피믹스, 녹차, 쿠키, 슈퍼마켓에서 훔친 초콜릿은 보자기로 가려서 잘 안 보이게 숨겨 놓았다.

가족과 한 번도 같이 살아 보지 못한 원미, 1년 365일이 지나도 부모님을 만날 수 없는 원미는 늘 허전하고 외로웠을 것이다. 채워지지 않은 그 허전함을 견딜 수 없을 때 원미는 갖고 싶은 물건을 훔쳐 차곡차곡 자신의 비밀 장소에 채워 놓았을 것이다. 외로운 원미에게 그 물건들은 위안이 되었을까?

1학년 담임 선생님은 지금도 원미를 가끔 만나고, 원미의 소식을 내게도 전해 주신다. 나는 늘 미안한 마음으로 선생님의 이야기를 들을 뿐이다. 원미의 빈자리를 채워 주기엔 그 아이의 결핍이 너무 크고, 상처가 큰 걸 알기 때문이다. 교사로서, 어른으로서 정말 미안하다. 어린 원미가 자기 마음을 스스로 다 잡는 게 얼마나 어려운지 옆에서 지켜보면서 알았기 때문이다. 원미 같은 아이들이 그 무거운 짐을 어떻게 지고 살아갈지, 부모의 사랑을 온전히 채워 줄 수 있는 게 무엇이 있을지 아무리 생각해 봐도 떠오르지 않는다. 그게 참 안타까울 뿐이다.

제 2 장

해를 닮은
아이들

01

돌돌이가 물어갔어요

"오늘은 왜 못 가져왔니?"

심규가 사흘째 수행 평가지를 가져오지 않아 내 목소리가 높아졌다. 평가지는 부모님의 확인을 받고 학교에서 보관하는 거라고 몇 번을 말했는데 소용이 없었다. 첫날은 깜박 잊고 안 가져왔다고 하고, 둘째 날은 찾아봐도 없다고 했었다. 이번에는 뭐라고 할까? 심규는 고개를 갸웃갸웃하더니 대답했다.

"돌돌이가 물어갔어요."

집에서 기르는 강아지 돌돌이가 물어갔단다.

"그럼 돌돌이가 물어간 거라도 가져와야지."

내 말에 심규는 눈을 깜빡깜빡하며 잠시 생각하더니 말했다.

"물어가더니 다 씹어 먹었거든요."

이틀이나 못 찾던 평가지를 강아지 돌돌이는 어떻게 찾아냈을까. 심규는 돌돌이가 물어가는 걸 보고만 있고, 씹어 먹는 걸 지켜보기만 했단 말인가? 나는 무슨 멍멍이 같은 소리냐며 야단을 쳤다.

내 야단에도 심규는 아무렇지 않게 "내일 가져올게요." 대답하더니 정말 다음 날 평가지를 가져왔다. 평가지는 돌돌이가 물어가서 씹어 먹었다는 말과는 달리 아주 말짱한 채로 되돌아왔다. '돌돌이가 물어갔다며? 씹어 먹었다며?' 하고 묻고 싶었지만, 꾹 참았다. 아마 심규는 또 다른 상상의 나래를 펼칠 걸 알기 때문이다.

아이들의 마음은 어른들과 다르다. 처음 교사가 되고는 아이들이 왜 이렇게 거짓말을 할까 의아해했다. 진실만을 말할 것을 약속하는 법정은 아니더라도 순진한 아이들이 모인 교실에서 별일도 아닌데 거짓말이 난무했다. 처음에는 왜 굳이 거짓말을 하는지 이해하기가 힘들었다. 금방 들통날 거짓말을 왜 할까? 그 사실을 나중에야 알았다. 아이들, 특히 저학년 아이들은 그건 거짓말이기보다는 그냥 그때의 자기 생각이란 것을. 별다른 악의가 있는 게 아니고 거짓말이란 생각도 못 한다. 선생님이 물어보는 순간, 그런 생각이 들었고 그걸 그냥 말할 뿐이다. 그게 어떤 영향을 미칠지, 그 후에 자신에게 어떤 일이 닥칠지를 예측하지 못한다. 그래서 어떤 때는 돌돌이가 먹어 치운 평가지 정도가 아니라 더 큰 일이 생기기도 한다.

아버지와 둘이 사는 심규는 2학년 때 처음 핸드폰을 샀다. 심규 아버지는 아들이 핸드폰 게임에 빠질까 봐 한참을 고민하다 결국 사 주었다고 했다. 친구들의 핸드폰을 부러워하던 심규는 최신 핸드폰이 생긴 걸 자랑하며 좋아서 입을 다물지 못했다.

다음 날 학교에 온 심규는 앞으로 나오더니 나에게 자기 머리를 들이밀었다.

"선생님, 여기 보세요."

그냥 보기엔 잘 몰랐는데, 머리를 만져보니 커다란 혹이 나 있었다.

"어머나, 이게 뭐니? 웬 혹이 이렇게 크게 났어?"

금방 시무룩한 얼굴로 변한 심규가 나에게 이른다.

"아빠가 그랬어요. 어제저녁에 퇴근해서 갑자기 내 머리를 쾅 때렸어요."

"아니, 아빠가 왜 그러셨지?"

"전 그냥 TV만 보고 있었거든요."

술도 안 마시고 멀쩡한 채로 퇴근한 아버지가 냉장고 문을 열었다가 갑자기 자기를 때렸단다.

"왜? 냉장고를 열다가?"

잘 모르겠다며 말꼬리를 흐리던 심규가 묘한 여운을 남겼다.

"가끔 때릴 때가 있어요."

2학년 아이 중 제법 똘똘한 심규. 자기표현을 잘하는 아이가 그 말을 왜 지금에야 하는 거지? 가끔 그렇게 심규가 아버지에게 맞는다는 말에 난 깜짝 놀랐다. 겉으로 보이지는 않지만, 머리에 커다란 혹이 있고 혹을 만지면 심규는 아프다고 소리를 질렀다.

나는 그냥 지나칠 수 없어서 수업이 끝난 뒤 심규 아버지께 전화를 드렸다. 가끔 전화로 상담을 해서 그랬는지 금방 전화를 받으셨다.

"선생님, 우리 심규, 무슨 일이 있나요?"

놀란 목소리로 전화를 받는 아버지께 난 머리에 난 혹에 대해 물었다. 아버지는 '아' 하고 짧은 탄식을 내뱉으셨다.

"그걸 선생님께 말했군요. 글쎄 이 녀석이 얼마나 엉터리인 줄 아세요? 새로 핸드폰을 사줬더니 글쎄 자기 핸드폰 충전한다고 냉장고 코드를 빼버렸지 뭡니까?"

우리 심규, 충분히 그럴 만하다. 자기 핸드폰 충전 외에 뭐가 중요하단 말인가. 아버지에게 필요한 게 냉장고라면, 심규에게 핸드폰 충전이 제일 중요하지. 심규에게 냉장고는 우선순위가 아니었겠지.

"아, 그랬군요. 그래도……."

나도 충분히 아버지의 심정이 이해되었다. 하지만 요즘은 부모님이라도 말로 타이르셔야지 그렇게 혹이 커다랗게 날 정도로 때리시면 안 된다고 말씀드렸다. 그러자 심규 아버지는 하소연하듯 중얼거렸다.

"네, 알겠습니다. 그런데 아침부터 코드를 뽑아 놓았는지 반찬이랑 김치가 다 변했더라고요. 얼마나 화가 나던지 저도 모르게 그만……."

퇴근하고 온 심규 아버지가 식사 준비를 하려고 냉장고를 열었더니 냉장실에 물은 흥건하고, 냉동실 음식은 다 녹았단다. 천연덕스럽게 TV를 보고 있는 심규는 TV 선은 내버려두고 냉장고 코드는 뽑아 놓고…….

다음 날, 학교에 온 심규의 머리를 만져보았다. 여전히 아프다고 했지만, 전날보다는 많이 나아진 듯했다.

"아빠가 어제 약 발라 주셨어요. 아빠랑 같이 약국에 가서 약을 샀거든요."

아버지가 약을 사서 발라 준 걸 보니 아버지도 은근히 아들의 혹이 걱정되었나 보다.

심규는 자기 혹 대신 돌돌이 얘기를 꺼냈다.

"약국 옆에서 강아지 옷을 파는 걸 봤어요. 아빠한테 하나 사 달라고 했는데 안 사 주셨어요. 사 주면 돌돌이가 아주 좋아했을 텐데."

강아지 옷까지 사 주기엔 아버지가 여유가 없으셨나 보다.

"선생님, 그런데 돌돌이는 옷이 없어도 괜찮을 거예요. 왜냐면요. 어제 돌돌이가 새끼를 낳았거든요."

'뭐라고? 심규네 집에서는 한 마리 키우기도 버거울 텐데. 새끼까지 낳았다고?'

"6마리 낳았어요. 아, 정말 귀여워요."

심규가 강아지들의 생김새와 뭘 좋아하고, 뭘 잘 먹는지 얘기하는데, 갑자기 나는 정신이 번쩍 들었다. 심규는 이야기꾼이다. 나도 모르게 녀석의 이야기에 빠져들었다.

가만, 심규 아버지께 물어봐야 하나? 돌돌이가 정말 새끼를 낳은 건지, 아니 돌돌이가 정말 심규네 집에 있긴 한 건지 문득 궁금해졌다.

02

돌멩이가 무섭대요

2학년이 되어 처음으로 하는 소방 훈련이
었다. 학교에서는 학기별, 분기별 안전 교육을 의무적으로 해
야 한다. 교통 안전, 화재, 지진 대피 훈련, 소방 훈련 등등. 특
히 소방 훈련을 할 때 소방서에서 소방차가 오기도 하고 안 오
기도 하는데, 그날은 소방차가 출동하여 운동장에서 대기하고
있었다.

우리 반 아이들은 교실에서 미리 손수건을 준비하고 대피할
준비를 하고 있었다. 학교 안내 방송이 나오고 소방 벨이 연속
으로 울리기 시작했다. 나는 아이들에게 이제 줄을 서서 운동
장으로 나가자고 말했다. 그런데 한 아이가 자리에 앉아 귀를
막은 채 벌벌 떨고 있었다. 고희였다.

고희는 자기 자리에 앉아서 귀를 막은 채 울먹거리고 있었다.

분명히 며칠 전부터 화재 대피 훈련에 대해 알아보고, 방금 전 방송으로 안내까지 했는데 소용이 없었다. 내가 다가가서 무슨 일이냐고 물어도 들리지 않는 것 같았다. 게다가 고희는 "악~ 악~!" 소방 벨처럼 비명을 질러대며 책상 밑으로 숨었다.

"작년에도 그랬어요."

"원래 고희는 자주 이래요."

작년에 고희와 같은 반이었던 아이들이 말해 주었다. 고희가 비명을 지르면서 우는 바람에 우리 반만 대피를 못 하고 교실에 남아 있었다. 나는 책상 밑으로 숨은 고희에게 다가가 선생님과 같이 운동장으로 가자고 했다. 겨우 용기를 냈는지, 고희는 내 손을 꼭 잡고 훌쩍거리며 교실을 나섰고, 우리 반 아이들은 손수건으로 입을 막고 낮은 자세로 대피했다.

우리 반은 제일 마지막으로 운동장으로 나갔다. 과학실 쪽에서 연기가 나서 그쪽을 피해 신발도 갈아 신지 않고 서둘러 학교 건물을 빠져나갔다. 우리가 운동장에 도착하자, 대기하던 소방차는 주황빛 연막탄 연기가 자욱한 과학실 쪽에 소방 호스로 물을 뿌렸다. 소방 호스에서 나온 세찬 물줄기는 금방 과학실의 불을 진압했고, 소방대원분들은 아이들에게 보여주기 위해 일부러 하늘 높이 물을 발사했다. 운동장에 대피해 있던 전교생은 높이 솟는 물줄기를 보고 '와' 하고 감탄을 했다.

대피 훈련이 끝나고 교실로 들어오자, 고희는 평소 모습으로 돌아왔다. 하지만 고희의 그런 모습은 이후에도 몇 번 더 반복되었다. 천둥 번개가 치면 고희는 또 소리를 지르며 무서워했다. 나는 걱정스러운 마음에 고희를 계속 조심스럽게 살폈다.

어느 날은 수업 끝나고 학교를 한 바퀴 돌다가 학교 근처 놀이터에서 고희가 혼자 놀고 있는 걸 봤다. 나는 왜 혼자 놀고 있냐고 물었더니, "아까까지 친구들이랑 놀았는데 먼저 갔어요."라고 말했다. 그래도 혼자서 놀면 무섭지 않냐고 했더니, 고희는 아주 당당하게 "하나도 안 무서워요." 하는 게 아닌가!

고희가 겁이 많고 무서움을 많이 타는 아이인 줄 알았는데 나의 착각이었나 보다. 고희는 놀이터에서 모래를 열심히 파헤치더니 접시가 깨진 사금파리를 보여줬다.

"선생님, 이거 무슨 문 같지 않아요?"

"무슨 문?"

"이게 학교 운동장에 있었거든요. 제가 발견했는데 땅속으로 들어가는 문 같아요."

고희는 지난번에 찾아낸 사금파리와 비슷한 조각을 더 찾고 있다고 했다. 그런 고희는 소방 벨 소리에 울던 모습과는 아주 많이 달라 보였다.

나는 그동안 고희에게 하고 싶었던 말을 슬그머니 꺼냈다.

"네가 지난번에 소방 벨 소리에 비명을 지르고 울어서 걱정을 많이 했어."

고희는 입술을 깨물며 뭔가 생각하는지 한동안 말이 없었다.

"…저는 소리가 무서워요. 큰 소리 나는 거랑 사이렌 소리 나는 거."

문득 나도 고희만큼 어렸을 적 일이 생각났다.

"선생님도 어렸을 때 너처럼 무서운 게 있었는데."

"뭔데요?"

고희는 나를 쳐다보며 물었다.

"육교가 얼마나 무서웠는지 몰라. 육교를 건널 때면 다리가 후들후들 떨렸어. 엄마나 아빠랑 같이 건너면 참을 수 있는데 혼자 건너는 건 너무너무 무서운 거야. 한번은 용기를 내서 혼자 지나가려고 육교 중간쯤 갔거든. 그런데 발이 안 떨어지더라. 갑자기 육교가 내려앉아서 내가 떨어질 것만 같았어. 그래서 다시 내려가서 횡단보도까지 한참을 돌아서 갔지. 육교가 정말 정말 무서웠어."

고희는 내 말에 함박웃음을 지으며 입을 열었다.

"나는 소리만 무서워요. 다른 건 안 무서워요. 육교도 잘 건너고요. 놀이터에서도 친구랑 놀다가 다 가도 혼자 놀 수도 있어요."

고희는 히죽 웃으며 나에게 물었다.

"그런데 선생님, 지금도 육교 건너는 거 무서워요?"

"아니, 지금은 혼자서도 씩씩하게 잘 건너. 가끔 어렸을 때 무서워한 건 기억나지만."

고희는 소리가 무섭고, 나는 육교가 무서웠다. 어떤 아이는 깜깜한 밤이 무섭고, 귀신이나 도깨비가 무섭다고 한다. 아이들마다 무서운 게 다 있나 보다. 어른이 되면 육교는 안 무서운데, 대신 병이나 이별이 무섭다. 어른이 되어도 무서운 건 있는 것 같다.

며칠 후, 공부를 시작하려는데 고희의 책가방에서 주먹만 한 돌멩이가 '우당탕' 소리를 내며 떨어졌다. 고희는 교과서를 꺼내려다 같이 따라 나온 돌멩이를 후다닥 다시 집어넣었다.

"고희야, 그 돌은 뭐니?"

"흠, 제가 놀이터에서 노는데 무섭다고 같이 가자고 해서요."

나는 피식 웃음이 나왔다.

'돌멩이가 무섭다고 했다고? 그래서 데리고 왔다고?'

고희의 책가방을 슬쩍 보았더니, 그 돌멩이 말고도 작은 돌멩이가 여럿 있었다. 고희는 소리에 무서워하는 마음 때문에 돌멩이의 무서움을 품어 주는 너그러움을 갖게 되었나 보다.

　1학기가 끝나고 다시 찾아온 2학기, 이번 학기에 하는 소방 훈련에서 고희는 1학기와 달라진 모습을 보여줬다. 1학기 때 비명을 지르던 모습과 달리, 이번에는 얼굴을 찡그리며 귀만 막았다. 지난번처럼 비명을 지르며 울까 봐 나는 얼른 다가가서 손을 잡았더니, 고희가 말했다.

　"이제는 시끄럽긴 하지만 참을 수 있어요. 절대로 무서워하는 건 아니에요."

　고희는 돌멩이의 무서움을 품어주느라 한동안 책가방에 돌을 넣고 다녔다. 생각해 보니 나도 육교가 무서워서 나보다 한참 어린 남동생을 데리고 육교를 건넜던 기억이 난다. 동생과 손을 잡고 육교를 건너면 무서움이 조금 덜해지는 것 같았다. 마치 고희가 사금파리와 돌멩이로 안정감을 느낀 것처럼 말이다.

03

개나리꽃을 닮은 아이

아이들이 교실에 들어오는 모습을 보면 얼마나 다양한지 모른다. 조용히 들어와 앉는 아이, 뭘 먹으면서 우물거리며 오는 아이, 반갑게 손을 흔들며 큰 소리로 인사하는 아이, 눈에 눈물이 그렁그렁 맺힌 아이, 인상을 쓰고 입술을 꽉 깨문 채 들어오는 아이도 있다.

진아는 인상을 잔뜩 찌푸린 채 오는 아이다. 아침에만 그러는 게 아니라 학교에 있는 동안에도 거의 인상이 펴지지 않는다. 오히려 시간이 지날수록 인상을 더 팍팍 쓴다. 친구가 새 옷을 입고 왔다고 자랑하면 "흥, 별로 어울리지 않는데?", 그림을 잘 그린다고 칭찬받은 친구에게 "뭐, 이게 잘 그린 거라고?", 진아는 친구들과 자주 다퉜고 자주 화를 내며 서운해했다.

어느 날 1학년 선생님이 인터폰을 했다.

"선생님 반에 진아 있지요? 우리 반에 동생이 있는데 자꾸 내려와서 울려요. 내려오지 않도록 얘기해 주세요. 제가 여러 번 말했는데도 계속 오네요."

1학년 선생님은 진아와 진아 동생이 자매임에도 불구하고 서로 얼마나 다른지 깜짝 놀랐다고 했다. 우리 반 진아는 연년생인 동생과 생긴 것도 다르지만, 얼마나 사납게 소리를 지르는지 성격도 딴판이라고 했다. 1학년 동생 반 아이들은 진아를 '마귀할멈' 같다고 한단다.

나는 진아를 불러서 왜 동생을 찾아가냐고 물었더니, 동생이 걱정돼서 갔단다. 나는 1학년 담임 선생님의 말을 전하며 동생이 혼자서도 잘하고 있으니 내려가지 말라고 당부했다. 내 말을 들은 진아는 입이 불쑥 나오면서 또 인상을 팍 썼다.

"내 동생인데 왜 못 가게 하는 거예요?"

진아는 더 이상 동생 반에 내려가지는 않았지만, 대신 교실에서 자꾸 친구들에게 신경질을 부렸다. 동생에게 내려가지 못하는 짜증을 친구들에게 내는 것 같았다.

며칠 후, 진아의 짝꿍이 교실에서 지우개를 잃어버리는 일이 있었다. 보통 아이들은 연필이나 지우개를 잃어버려도 모르거나, 찾지 않는 경우도 많은데 진아의 짝꿍은 아니었다. 맘에

드는 캐릭터 지우개를 사 가지고 온 첫날이라며 꼭 찾아달라고 했다. 반 아이들과 함께 교실 구석구석을 살펴봤지만 찾을 수 없었다. 짝꿍은 아무래도 진아의 지우개가 자기 거 같다고 말했다. 자기 지우개랑 똑같은데 이름 쓴 겉껍질만 없어졌단다. 진아는 무슨 소리냐며 자기 지우개라고 얼른 필통 속에 집어넣었다.

아이들이 다 가고, 나는 진아와 지우개를 잃어버린 짝꿍만 남게 했다.

"얘들아, 지우개는 하나인데 서로 자기 거라고 하니까 우선 선생님이 보관하고 있을게. 오늘 집에 가서 잘 찾아봐. 혹시 집에다 놓고 와서 착각할 수도 있거든. 내일 선생님한테 말해 주면 좋겠다."

진아는 마지못해 지우개를 내밀었고, 지우개를 잃어버린 짝꿍은 그나마 안심하며 집으로 돌아갔다.

다음 날 진아는 늘 그렇듯 찡그린 얼굴로 학교에 와서 나에게 속삭였다.

"선생님, ㄱ 지우개 내 거 아니에요. 그냥 지우개 주인 찾아 주세요."

예쁜 지우개를 가져온 짝꿍을 시샘하는 진아, 친구가 뭘 잘해도 순순히 인정하지 못하는 아이, 불만이 많고 언제나 자기가 손해 본다고 느끼는 아이였다. 나는 진아가 왜 그러는지 궁금했다.

그리고 며칠 뒤, 진아가 새 옷을 입고 학교에 왔다. 노란 꽃무늬가 있는 화사한 원피스였다. 나는 진아를 보고 "예쁘다."라고 했더니 진아가 이렇게 말하는 게 아닌가?

"더 예쁜 거로 사고 싶었는데 그건 동생이 샀어요."

나는 진심으로 예쁘다고 칭찬한 건데 진아는 동생에게 짜증을 내고 있었다.

"그래? 네가 그 옷을 사고 싶었는데 동생이 먼저 샀나 보구나."

"아니요. 동생이 산 게 예뻐서 내가 그 옷을 사고 싶었다고요."

진아가 먼저 예쁜 걸 고르고 나중에 동생이 다른 옷을 골랐는데, 진아의 눈에는 동생 옷이 더 예뻐 보였다는 거다. 진아는 생각만 해도 기분 나쁜지 나에게 하소연을 했다.

"동생은 뭐든지 입기만 하면 예뻐요. 아빠도 동생을 보면 좋아하고요. 내가 언니인데."

가끔 복도에서 언니를 기다리는 동생은 눈에 띄게 예쁘고 인상이 좋아 보였다. 주변에서 늘 동생을 보고 예쁘다, 귀엽다 하는 소리에 진아는 비교당하는 기분이었나 보다.

나는 웃으며 말했다.

"선생님이 보기에 진아도 아주 예쁜걸!"

한겨울 꽝꽝 언 얼음처럼 굳었던 진아의 얼굴이 조금 풀렸다.

"정말요?"

"그럼, 예쁜 꽃 같은데!"

"무슨 꽃이요?"

갑작스러운 질문에 난 진아를 바라보며 잠시 생각해 보았다.

"흠, 개나리꽃 같네. 여기 노란색도 있고."

내 대답에 진아가 금방 시무룩해졌다.

"장미꽃이 더 예쁘잖아요. 동생은 장미꽃 같고 나보다 무지무지 예뻐요."

나는 진아의 손을 꼭 잡고 흔들었다.

"무슨 소리야. 개나리꽃이 얼마나 예쁜데. 우리 학교 교화도 개나리꽃이잖아. 봄에 가장 먼저 피는 꽃이고 선생님이 무지 좋아하는 꽃이야."

그제야 진아의 얼굴에 살짝 미소가 보였다.

"선생님은 장미꽃보다 개나리꽃이 더 좋아요?"

"그럼!"

나는 진아를 보며 크게 고개를 끄덕였다.

동생이나 언니, 형이 공부를 너무 잘하거나, 너무 예쁘거나, 운동을 뛰어나게 잘해서 비교당하면 아이는 정말 힘들다. 보는 사람마다 바비 인형 같은 동생에게 눈을 떼지 못하고 "어머, 언니는 동생이랑 안 닮았네." 하는 말이 진아에게 상처가 된 것 같다.

그 뒤 나는 진아를 볼 때마다 더 많이 말을 걸었고, 칭찬도 듬뿍 해주었다.

"진아야, 오늘 기분이 좋아 보이네."

"노란 머리띠가 예쁘네. 정말 개나리꽃같이 화사한데!"

칭찬을 들을 때면 무지무지 좋아하는 게 진아의 얼굴과 온몸에서 그대로 드러났다. 얼굴이 발그레해지면서 찌푸렸던 양미간이 풀리고, 움츠렸던 어깨가 편안하게 내려가더니 노오란 개나리꽃처럼 진아는 방긋 웃었다.

04

오백 원 동전

●

　　3월, 2학년 우리 반에 남자아이 한 명이 전
학을 왔다. 처음 반 친구들을 만나는 자리에서 "내 이름은 오진
호야!" 하고 큰 소리로 자기소개를 하는데, 웬일인지 같이 온
할머니가 한숨을 푹푹 쉬셨다. 진호는 키가 작아 앞자리에 앉
았는데 수업 시간에 자꾸 자리에서 일어서곤 했다. 처음에는
화장실에 가고 싶어 그러는 건가 했는데, 창밖만 보다 다시 자
리에 앉는 것이었다. 그러다 한번은 벌떡 일어나 아예 교실 뒷
문으로 나가 문을 열고 누가 왔나 살펴보는 게 아닌가? 내가 무
슨 일이냐고 묻자, 진호는 그저 "그냥요"라고만 할 뿐이었다.
그 뒤에도 진호는 여러 번 뒷문과 자리를 왔다갔다했다.

　수업이 끝나고 진호를 데리러 온 할머니에게 그 애길했더니
흠칫 놀라셨다.

"아이고, 진호가 엄마가 데리러 오길 기다리나 보네요. 하긴 갑자기 나한테 애만 맡기고 그냥 가버렸으니."

거의 한 달 동안 진호는 미어캣처럼 벌떡벌떡 일어나 복도 쪽을 보고, 뒷문에 나가 문을 열어보았다. 그러다 지쳤는지, 아니면 엄마가 오지 않을 걸 아는 건지 그런 일들이 조금씩 줄어들었다.

4월, 진호가 학교에 흥미를 가질 만한 일이 생겼다. 우리 학교는 토요일에 선생님과 함께하는 주말 버스 프로그램을 했다. 주말 버스는 토요일에 혼자 있는 학생을 데리고 버스를 이용해 체험 활동을 가는 행사였다. 그해 주말 버스 진행이 내 업무라 내가 아이들을 인솔하게 되었고, 진호도 신청해서 우린 주말에 자주 만났다.

시청에서 주말 버스 개교식을 하는데, 아이들과 담당 교사 외에 다른 학교 선생님들도 많이 참석했다. 신이 난 진호는 괜히 펄쩍펄쩍 뛰어다니다가 횡단보도에서 교통 봉사하는 아저씨께 혼이 났다.

"저기, 학생! 그렇게 뛰어다니지 말고 줄 맞춰 건너야지!"

'이런, 노는 날 자유롭게 가는 활동인데 무슨!'

나는 일부러 큰 소리로 진호를 불렀다.

"진호야, 괜찮아. 선생님과 손잡고 같이 가자."

기가 죽어 고개를 숙였던 진호는 내 말에 금세 표정이 밝아졌다. 진호는 한 손은 내 손을 잡고, 한 손은 머리 위로 높이 들며 당당하게 횡단보도를 건넜다.

9월, 주말 버스 프로그램은 서울로 어린이 뮤지컬을 보러 가는 거였다. 버스를 타고 아이들에게 빵과 음료수를 나눠주었는데 진호는 받자마자 후다닥 먹어 치웠다. 나는 아이들이 안전벨트를 했는지 확인하느라 한참 있다가 빵을 뜯었다. 바스락 소리에 진호가 나를 쳐다봤다.

"어? 선생님, 또 먹는 거예요?"

"아니? 아까 안 먹은 건데."

진호는 더 먹고 싶은지 내 손에 들린 빵을 보고는 침을 꼴깍 삼켰다. 내가 빵을 반으로 나눠 진호에게 주었더니, 이번에는 창밖을 바라보며 천천히 빵을 먹었다.

뮤지컬은 대학로 소극장에서 공연했다. 소극장에 도착한 뒤, 진호는 손을 흔들며 나에게 다가왔다.

"선생님, 여기 엄마, 아빠랑 와 봤어요."

"그래? 부모님이랑 뭐 했어?"

"처음엔 구경했는데 싸워서 그냥 집에 갔어요."

진호는 아무렇지 않은 척 말하고는 친구들이 있는 곳으로 갔다.

뮤지컬은 「해님 달님」 공연이었다. 오누이를 잡으러 호랑이가 나오자 아이들은 뮤지컬에 빠져들었다. 호랑이가 나무에 올라간 오누이를 찾느라 물었다.

"애들아, 이 녀석들 어디 갔는지 아니?"

구경하던 아이들은 "몰라, 몰라." 손사래를 치며 대답했다.

진호는 엉덩이를 들썩이며 일어섰다 앉았다 반복하다가 이렇게 소리쳤다.

"안 돼. 안 돼. 나무는 절대 쳐다보지 마."

그 말을 들은 호랑이는 나무로 다가갔고, 진호는 자기 때문에 오누이가 잡힐까 봐 두 손으로 얼굴을 가리며 비명을 질러 댔다.

주말 버스에 참여하면서 진호는 친구가 많아졌다. 전학 왔을 때 문과 창문을 왔다갔다하던 아이가 아니었다. 2학년이 끝날 즈음엔 나에게 퀴즈를 내기도 하고, 재밌는 말도 해주는 의젓한 모습이었다.

다음 해 스승의 날, 3학년이 된 진호가 편지를 보냈다.

선생님, 저 진호예요. 저를 가르쳐 주셔서 감사합니다.
제가 3학년이 됐는데, 선생님이 시간 될 때 우리 교실로
놀러 오세요. 선생님, 아이들 가르쳐 주시느라 힘들죠?
선생님을 애쓰시게 하고 힘드시게 해서 죄송해요. 이것
은 지금까지 가르쳐 주신 보람으로 드리는 것이에요. 이
거 받고 힘내세요.

'보람으로?'

'이거?'

궁금해하는 내 눈에 편지지 옆에 붙은 테이프가 보였다.

아! 그건 '오백 원' 짜리 동전이었다. 나는 전기가 찌르르 오
는 것 같았다.

껌 한 개, 사탕 한 개도 아쉬운 진호가 이거 붙이려고 얼마나
큰마음을 먹었을까?

백 원짜리로 할까, 오백 원짜리로 할까, 얼마나 많이 고민했을
까?

진호의 편지는 그 뒤에 나를 '마음 편하게' 해준다는 거로 끝
나고 있었다.

선생님이 학교 정문에 인사하러 나올 때 인사도 하고 마음 편하게 해 드릴게요. 아자아자 파이팅!

선생님을 존경하는 진호 올림

진호의 편지는 웃음을 주면서 내 마음을 편하게 해주었다. 진호도 학교에서 즐겁고 행복하길 바라며, 나는 지금도 오백 원을 붙인 진호의 편지를 소중하게 간직하고 있다.

05

회장이 뭔데? 공부가 뭔데?

●

저학년 임원 선거: 회장이 뭔데?

임원 선거를 하는 날이다. 1학년 때는 임원 선거를 하지 않는다. 그렇기에 학교에 입학한 아이들은 2학년 임원 선거가 그들이 맞는 첫 선거였다. 선거를 시작하니 반 아이들 30명 중 무려 20명이 회장 선거에 출마했다. 우리 반을 위해 깨끗하게 청소를 하겠다, 지구 환경을 오염시키지 않겠다, 선생님을 도와 전교에서 가장 멋진 반을 만들겠다 등 멋들어진 공약을 내세워 다들 자기를 회장으로 뽑아 달라고 했다.

집에서 포스터를 그려온 아이, 자기 얼굴이 나온 큰 사진을 들고 온 아이, 더러워진 실내화를 가져온 아이도 있었다. 그 아이는 실내화를 들고 더러워진 실내화를 빨면 깨끗해지듯 자기가 회장이 되면 우리 반을 깨끗하게 만들겠다고 했다.

우리 반에서 제일 산만하고 떠들며 장난치길 좋아하는 자유로운 영혼, 우람이까지 회장 선거에 나오겠다고 손을 번쩍 들었다. 아이들은 "너도?" 하며 깜짝 놀랐다. 앞에 아이들이 하는 소견 발표를 들은 건지, 집에서 준비를 해온 건지, 우람이는 아이들에게 큰 소리로 말했다.

"내가 회장이 되면 선생님 말씀도 잘 듣고 수업 시간에 돌아다니지 않겠습니다."

맨 앞에 앉은 여자아이가 고개를 갸웃하며 물었다.

"그건 당연한 거 아니니? 선생님 말씀도 잘 듣고 수업 시간에 돌아다니지 말아야지."

"아냐, 난 당연한 거 아니거든."

우람이는 여자아이의 말을 당당하게 받아쳤다.

그 말에 맨 뒤에 앉아 우람이랑 같이 장난치는 남자아이가 히죽거렸다.

"야, 네가 진짜 선생님 말씀도 잘 듣고 수업 시간에 돌아다니지 않을 수 있어? 진짜로?"

"진짜라니까!"

우람이는 발을 쿵 굴렀는데 왠지 불안한 기색이었다.

아이들의 발표가 끝나고 투표를 했다. 우람이는 친구들 자리를 돌아다니며 자기를 뽑아달라고 했지만, 아이들은 투표 용지를 손으로 가리며 다른 아이 이름을 적었다. 끝내 우람이는 회장이 되지 못했다.

"회장이 뭔데? 나 안 할 거야. 회장 아니니까 막 돌아다니고 선생님 말도 안 들을 거야."

우람이는 심통이 나서 교실을 돌아다니며 중얼거렸다. 반 아이 중에 마음 약한 몇 명은 '뽑아 줄 걸 그랬나' 후회를 했고, 몇몇 아이들은 '휴' 하고 안도의 한숨을 내쉬었다.

저학년 아이들은 순진했다. 자기 눈에 회장 역할을 제일 잘할 것 같은 아이를 뽑았다. 우람이 대신 회장에 뽑힌 아이는 여학생이었는데, 발표를 잘하고 수업 태도가 아주 바른 아이였다. 선생님을 도와 전교에서 가장 멋진 반을 만들겠다고 한 아이였다.

우람이는 그 아이에게 다가가 큰소리로 물었다.

"야, 회장, 어떻게 우리 반을 가장 멋지게 만들건대? 응 어떻게 할 거냐고?"

우람이는 회장 소리가 무척 듣고 싶었나 보다. 이후에도 우람이는 자꾸 그 아이에게 회장, 회장이라고 부르며 따졌다.

고학년 임원 선거: 공부가 뭔데!

고학년이 되면 임원을 하겠다는 아이들이 확 줄어든다. 회장과 부회장을 뽑아야 하는데 희망자가 몇 명 나오지 않아 난감한 반도 있다. 임원에 대한 기대감이 없기 때문이다. 저학년 때는 '회장'이라고 인기도 있고 주변에 아이들이 북적거렸지만, 고학년 '회장'은 부담만 크고 아이들에게 인정받기도 쉽지 않다.

공부 잘하고 통솔력 있는 아이들은 이미 저학년 때 임원을 했다고 안 하려 하고, 운동 좋아하고 잘 노는 아이들은 임원은 자기 일이 아니라고 생각한다. 그래서 고학년 임원 선거에서 가끔 예상치 못한 일이 일어난다.

5학년 철이는 웃으면 눈이 감기고 입꼬리가 올라가 순식간에 스마일 캐릭터같이 변하는 아이였다. 친구들 말에 잘 웃어 주고, 재치 있는 말을 잘해서 철이 주변에는 항상 아이들이 많았다. 키가 작고 통통한 편인데도 순발력이 있어 축구도 잘했다. 남학생들과도 잘 어울리고 여학생과도 골고루 친하게 지냈다.

그런 철이에게도 제일 낯선 상대가 있었는데, 그건 바로 수학이었다. 5학년인데 아직도 구구단을 헷갈려 할 정도였다. 1학기 때는 방과 후에 남아서 나와 같이 수학 공부를 했다. 방과 후에 남아서 공부하는 게 쉬운 일이 아닌데 철이도 나도 참 끈질

기게 나머지 공부를 했다. 그런 철이가 영 기특해서 난 반 아이들이 듣는 데서 "철이가 열심히 한다, 수학 실력이 많이 좋아졌다." 하며 칭찬도 아끼지 않았다.

그게 이유였을까? 2학기 때 철이가 우리 반 회장이 되었다. 우리 반에는 공부 잘하고 리더십 있는 아이들이 유독 많았음에도 철이는 그 아이들과 겨뤄서 당당하게 회장이 된 것이다. 철이를 추천한 아이도 '네가 될 줄 몰랐다.' 하며 놀라워했다. 철이를 뽑은 아이들도 '설마 되겠어? 그래도 잘난 척하는 애들보다는 낫겠지' 싶어 투표했다며 황당해했다.

제일 놀란 건 회장인 된 철이였다. 회장이 되더니 갑자기 철이가 달라졌다. 우선 꾸준히 남아서 하던 수학 공부를 피하기 시작했다. 집에 일이 있다, 친구 생일 파티가 있다면서 가버리는 날이 잦아졌다.

"철이야, 회장 됐으니 더 열심히 해야 하지 않을까?"

철이가 다시 마음을 잡고 공부하기를 바라는 마음으로 한마디 했더니, 다음 날 철이 어머니가 학교에 오셨다.

철이 어머니는 아들처럼 동글동글한 인상에 웃음이 가득한 얼굴이셨다.

학교에 찾아오신 철이 어머니는 나에게 이런 말을 하셨다.

"선생님, 철이 너무 공부시키지 마세요. 공부 못하면 어때요? 아빠처럼 중국집 주방장 하면 돼요."

철이 어머니는 밤새 아들을 설득하다 거꾸로 아들에게 설득당하신 거 같았다. 1학기 때 철이 어머니는 내가 철이에게 따로 공부를 가르쳐 주는 걸 무척 고마워했다. 그런 어머니도 회장이 된 아들이 싫다고 하니 어쩔 수 없었나 보다. 회장 아들 기를 세워 주려고 어머니는 어려운 걸음으로 학교를 찾아온 거였다.

철이 어머니는 끝까지 웃으며 나를 위로하듯 말했다.

"철이가 하고 싶어 할 때, 그때 보낼게요."

철이 어머니의 웃음에 나도 설득당했다. 교사로서가 아니라 그냥 엄마처럼 마음을 바꾸기로 했다.

'그래, 알았어. 하고 싶을 때 해도 늦지 않아. 따로 공부하는 게 친구들 눈치 보인다는 걸 선생님만 못 알아챘네. 눈치 없게.'

철이는 한 학기 동안 우리 반의 멋진 회장이었다. 수학 성적은 계속 내려갔지만, 자존감은 급속히 올라갔다. 그런 자존감으로 철이는 언제든 맘만 먹으면 수학도 잘할 거다. 못하면 뭐 어때, 공부가 뭐라고!

06

그냥 같이 놀걸

3학년 아이들과 민속촌으로 현장 학습을 갔다. 민속촌은 볼 것도, 할 것도 많아 한참을 걸어 다녔다. 초가집, 기와집을 둘러보고 전통 혼례를 본 뒤 줄타기 공연도 구경했다. 공연까지 다 본 후에 아이들은 이다음엔 뭘 하냐고 계속 물어보았는데, 사실 기다리는 게 따로 있었다. 바로 떡메치기였다. 많이 걸어 배가 고팠는지 아이들은 얼른 떡메치기 하러 가자고 졸라댔다. 느릿느릿 걷던 아이들도 떡메치기를 하러 간다니까 걸음걸이가 빨라졌다. 떡메 치는 장소에 도착하니 떡메 치는 도구가 3벌만 있었다. 우리 학년은 4개 반이라 1~3반 먼저 하고 4반인 우리 반은 나중에 하기로 했다. 다른 반보다 늦게 떡메 친다는 사실에 우리 반 아이들 입이 부루퉁 나왔다.

앞반 아이들은 김이 모락모락 나는 떡을 커다란 떡판에 올려

놓고 떡 방망이로 힘껏 내리쳤다. 그러고는 부드러워진 떡을 콩가루에 묻혀 인절미를 만들었다. 고소한 떡 냄새가 나자 우리 반 아이들은 엉덩이를 쳐들고 침을 삼켰다. 나는 진행자에게 '4개 반이 오는데 4개를 놓아야지, 왜 3개냐?'고 했더니 그 사람은 미안하다며 떡을 좀 더 많이 주겠다고 했다.

"얘들아, 우리 반이 늦게 하는 대신 떡메 더 오래 치고, 인절미도 더 많이 먹을 거래."

아이들은 그 말을 듣고 조용히 기다렸다.

앞반 아이들의 떡메치기가 끝나고 드디어 우리 반 차례가 되었다. 실컷 구경을 한 우리 반 아이들은 이미 떡메 치는 방법을 다 알고 있었다. 떡메를 힘차게 내리치고, 그다음 아이는 더 크게 떡 방망이를 휘둘렀다. 우리 반 아이들은 모두 천하장사가 된 것 같았다. 약속대로 다른 반보다 떡메치기도 몇 번 더 하고 인절미도 실컷 먹자 아이들 입이 벌어졌다. 각자 집에 가져갈 인절미 떡도 듬뿍 챙겼다.

떡메치기가 끝난 후였다. 주위를 둘러보니 다른 반 아이들이 보이지 않았다. 우리가 떡메를 치는 동안 어디론가 가버린 듯했다. 떡메치기를 늦게 한 것도 속상한데 우리만 놔두고 다들 사라지다니. 당황스럽고 속이 상했다. 앞반 선생님 핸드폰으로 연락을 했지만 받지 않았다. 아이들을 인솔하느라 들리지 않나 보다.

우리 반 아이들은 두 패로 나뉘었다. '길 찾기 패'와 '놀기 패'로. 똘똘하고 예민하고 걱정이 많은 아이들은 내 주위로 모여들었다. 그중 대표가 반장 우진이었다.

"선생님, 어디로 가야 해요?"

"점심 먹으러 간 거 아닐까요?"

"안내도에 보면 이쯤 같은데."

어느 틈에 안내도까지 펼쳐 들고 아이들은 심각한 표정으로 길을 찾고 있었다.

흥이 많고 놀기 좋아하고 아무 걱정이 없는 아이들은 내 주위에서 슬슬 멀어졌다.

"선생님, 저기 있는 그네 타도 돼요?"

"와, 널뛰는 것도 있어요."

"투호도 있네. 해도 되지요?"

산 밑 넓은 공터에 있는 그네와 널뛰기를 보고 놀자는 아이들.

처음에는 길 찾기와 놀기 패가 반반쯤 되었는데, 점점 놀기 패가 많아지더니 내 옆에는 반장 우진이만 남았다.

나는 땀이 삐질삐질 났다. 다시 선생님들께 전화를 했지만, 여전히 연락이 되지 않았다. 여기저기 뛰어다녔지만 다른 반은 한 명도 보이지 않았다. 그때 우진이가 안내도를 들이밀었다.

"선생님, 우리가 그냥 찾아가요. 안내도에 보면 여기 이쪽 같아요."

우진이는 안내도에 의자 표시가 된 곳을 가리켰다. 그러고 보니 이쯤에서 점심을 먹기로 한 기억이 났다.

"그래, 맞다. 아까 우리 줄타기 공연 봤던 곳 근처니까 저 나무 쪽으로 가면 되겠구나."

내 말에 우진이가 고개를 갸웃거렸다.

"선생님, 저쪽이 아니라 이쪽 같은데요?"

"뭐?"

순간 얼굴이 화끈거렸다. 사실을 말하자면… 나는 길치였다. 운전은 잘하는데 길은 못 찾는다. 누구는 한 번 갔던 길을 일 년 뒤에도 찾아갈 수 있다는데, 난 열 번을 가도 늘 처음 가는 길처럼 새로웠다. 어떤 때는 갔다가 돌아오는 길도 처음 가는 길처럼 낯설었다.

나는 갈등하기 시작했다.

'설마, 아무리 길치라도 3학년 아이보다는 내가 낫겠지?'

'아냐. 우진이가 더 길을 잘 찾는지도 몰라.'

그때 내 핸드폰이 울렸다. 앞반 선생님의 목소리가 어찌나 반가운지 눈물이 날 뻔했다.

"선생님, 어디예요? 아이들이 다 자리에 앉아서 점심 먹는데 4반이 안 보여서 전화했어요."

난 어디로 가야 하는지 물었다. 점심 먹는 장소는 나무 쪽이 아니었다. 우진이가 말한 쪽이 맞았다. 난 3학년 아이보다 길을 더 못 찾는 길치 선생님이었다. 놀고 있는 아이들을 다 모아 점심 식사 장소로 가는데 속상하고 부끄러웠다.

'떡메치기 늦게 한 것도 서러운데 우리 반만 남겨 두고 다들 가버리다니. 하지만 그것보다 더 속상한 건… 아, 난 왜 그렇게 길을 못 찾을까? 3학년보다 못한 길치라니.'

우진이와 우리 반 아이들 보기가 민망스러웠다. 내 마음을 아는지 모르는지 아이들은 아무렇지 않게 내 뒤를 따라왔다. 드디어 3학년 아이들이 점심 먹는 곳에 도착했다. 밥을 먹고 있던 다른 반 아이들은 우리 반 아이들을 보고 물었다.

"야, 너희 반은 왜 이렇게 늦게 왔어?"

'드디어 올 것이 왔구나.'

나는 눈을 질끈 감았다. 아무 일이 없다는 듯 덤덤한 표정을 지었지만, 속으로는 나의 부끄러움이 드러날 순간이라는 걸 직감했다.

"우리 반은 신나게 놀다 왔어."

"정말 재밌었다."

난 내 귀를 의심했다. 우리 선생님이 길을 못 찾아서 늦었다고 말할까 봐 가슴이 조마조마했는데 그런 아이는 한 명도 없었다. 대신 그 시간에 그네 타고 널뛰기한 것, 투호 놀이, 산기슭에서 술래잡기하며 논 것을 다른 반 애들에게 자랑했다. 아무것도 모르는 다른 반 아이들은 좋았겠다며 부러워했다. 난 길치 샘이라고 소문날까 봐 걱정이 한가득이었는데 웬걸, 아이들은 오래 놀아서 좋았다며 여기저기 자랑하고 다녔다.

돌아오는 차 안에서 현장 학습에서 제일 즐거웠던 일이 뭐냐고 아이들에게 물었다. 내 질문에 아이들의 대답은 신랑 신부 전통 혼례, 하늘 높이 매단 줄에서 부채 들고 재주넘는 줄타기가 아니었다. 아이들은 내가 길을 못 찾아 헤맸던 그 시간, 맘 맞는 친구들과 어울려 하고 싶은 대로 자유롭게 놀던 그 시간이 제일 즐거웠다고 했다.

그래. 떡메치기를 좀 늦게 하면 어때? 더 오래 떡메치고 떡도 더 많이 먹었는데. 길을 좀 잃으면 어때? 어차피 다 만날 건데.

문득 그제야 그런 생각이 들었다.

'걱정하며 여기저기 뛰어다니지 말고 나도 그냥 아이들과 같
이 놀걸.'

07

뭐니, 뭐니, 뭐니?

새 학기가 시작되는 첫날, 이제 2학년이 되어 만나는 반 친구들에게 자기소개를 하는 시간이었다. 주영이의 첫인상은 '흥' 하고 고개를 돌리며 삐지기 일 초 전 모습이었다. 볼은 다람쥐처럼 볼록하고 눈은 아래를 내려다보는데 입은 불쑥 나와 있었다. 자기소개를 할 때도 자기 이름만 말하고는 얼른 자리에 앉았다. 말이 없는 아이로 보였다.

그런 주영이가 말을 할 때면 아주 다른 모습이 되었다. 볼록한 턱을 일 초 간격으로 위아래로 흔들고 내리깔던 눈을 치켜뜨며 "뭔데? 뭔데?"를 반복했다. 애들이 뭐라고 말해도 듣지 않고 계속 "뭔데? 뭔데?"라며 따졌다. 자기 말만 하고 남의 말은 듣지도 않는 주영이 주변에는 아이들이 없었다. 주영이는 자기들끼리 노는 아이들을 째려보았고, 간혹 아이들이 같이 놀자고 불러도 고개만 흔들었다.

어느 날, 주영이 자리에 아이들이 모여 있었다. 주영이 책상 위에는 집에서 가져온 스티커, 캐릭터 지우개, 인형들이 있었다. 주영이는 모인 아이들 중 자기 맘에 드는 아이에게 먼저 고르라고 했고, 싫어하는 아이는 손도 못 대게 했다. 아이들은 쉬는 시간마다 주영이 자리에 모여서 눈치를 살폈다. 주영이가 고개를 끄덕이면 가져가고, 고개를 흔들면 다른 걸 골라야 했다. 주영이는 대장처럼 자기 맘대로 했다.

그런 것도 한두 번이었다. 갈수록 주영이가 가져오는 물건들은 아이들의 관심을 끌지 못했다. 아이들이 자기에게 오지 않자, 주영이의 입은 더 튀어나왔다. 친구들에게 버럭 화를 내고 자주 삐졌다. 가끔 수업 시간에 엉뚱한 소리를 해서 수업 분위기를 흐리기도 했다.

그날은 공개 수업 심사를 하는 날이었다. 다른 학교의 교장, 교감 선생님이 수업 심사를 하러 우리 반에 오셨다. 나는 이 수업 심사를 위해 오래전부터 준비했다. 수업 자료를 직접 만들고, 아이들이 좋아할 말놀이를 찾아내었다. 활발한 수업을 하려고 평소보다 더 활짝 웃으며 아이들을 바라보았다. 분위기를 편안하게 하려고 수업 시작하기 전에 노래를 불렀다. 그중 주영이는 입을 꼭 다물고 있었다. 잔뜩 찌푸린 얼굴을 보니 불룩한 입이 코앞까지 나와 있었다.

나는 밝은 목소리로 아이들에게 말했다.

"이번 시간에는 재미있는 말놀이 공부를 할 거예요."

"재미없거든요."

주영이의 말에 뒤에 앉았던 다른 학교 교장 선생님이 피식 웃었다.

나는 속으론 가슴이 철렁했지만, 여전히 미소를 지으며 말했다.

"주영이도 공부하다 보면 재미있을걸?"

"흥!"

주영이는 고개를 홱 돌리며 대놓고 삐진 티를 냈다. 그게 시작이었다. 주영이는 오랜만에 자기를 맘 놓고 드러냈다. 심사위원이 있어서 내가 제대로 야단을 못 치는 걸 알았나 보다. 직접 만든 자료를 칠판에 올려놓았더니 "안 보이는데요." 하며 일부러 몸을 더 낮추었다. 의자 아래로 내려갈 기세였다.

말놀이의 공통점을 찾아보자며 '할머니, 어머니, 언니' 라는 단어를 칠판에 썼다. 다른 아이들은 끝나는 말이 똑같이 '니' 자라고 하는데 주영이 혼자만 "뭐니, 뭐니, 뭐니?"하고 소리쳤다. 모둠끼리 말놀이하는 활동에서는 자기가 다 하겠다고 우기고 다른 아이들은 못 하게 했다. 한 아이가 주영이 때문에 말놀이를 못 했다고 울먹거리자, 주영이는 왜 자기 때문이냐며 발을 쾅쾅 굴렀다. 그 모둠 아이들이 주영이에게 뭐라고 하자, 주영이는 책을 확 밀치며 책상 위에 엎드리고는 우는 게 아닌가!

수업 끝나는 종이 울렸다. 정리 단계를 하지도 못했는데 수업 시간이 벌써 끝났다. 심사하러 오신 교장, 교감 선생님들은 아이들이 어려서 그렇다, 월요일 1교시라 더 힘들었겠다며 격려해 주고 가셨다. 다리에 힘이 쫙 풀리면서 그 자리에 주저앉을 것만 같았다.

그날 집에 가기 전 주영이가 나를 톡톡 건드리며 말했다.

"선생님, 저 수업 시간에 잘했어요?"

"언제?"

"아까 선생님들 와서 볼 때요."

"주영이 생각엔 어때?"

"잘한 것도 있긴 한데 못한 게 더 많아요."

"음. 그렇구나!"

"다음엔 더 잘할게요."

늘 삐쭉거리고 불퉁불퉁 화를 내던 주영이가 그 말을 하며 배시시 웃었다. 주영이의 얼굴이 화사한 꽃처럼 예쁘게 피어났다. 웃는 모습이 이렇게 예쁜 아이였나 싶었다. 그런 말을 하면서 왜 그렇게 웃었을까? 주영이가 나한테 미안한 마음이 들어서 그랬나? 아니면 나도 울고 싶은 걸 알았을까? 나도 삐져 보여서 마음이 쓰였을까?

결국 수업 심사에는 떨어졌다. 그날 수업은 내가 생각해도 엉망이었다. 울고 싸우고 시간 안에 끝내지도 못하고, 평소 수업보다 훨씬 정신없었다. 나는 일 년 동안 주제를 정하고 수업을 재미있게 하려고 노력한 것이 아무 결과 없이 끝나 너무 속상했다. 얼마 동안 잠을 자다가도 벌떡 일어나서 혼자 억울해했다. 그런데 시간이 지날수록 그 수업만 생각하면 웃음이 났다. 그때 일부러 "뭐니? 뭐니? 뭐니?" 하며 장난치던 주영이가 떠올랐다. 비록 수업 심사 등급은 못 받았지만, 그날 수업에 대한 기억은 선명하게 남아 있었다. 내가 했던 수업 중에 가장 기억나는 수업이 바로 그날 수업이기 때문이다. 수업이 끝난 후 다가와 말을 걸며 살며시 웃던 주영이의 웃음, 그 배시시 웃던 그 모습은 내가 절대로 잊지 못할 특별한 기억이다.

08

나랑 결혼해 줄래?

●

광미가 결혼하고 싶은 까닭은?

광미는 동그란 눈, 동그란 얼굴에 항상 웃는 여자아이였다. 1학년인데 앞니가 빠져서 귀엽고 순진해 보였다. 그런데 반 아이들, 특히 남자아이들이 나에게 달려와 무언가를 이를 때마다 광미의 이름이 나왔다.

"선생님, 광미가 우유 먹고 나한테 트림해요."

"광미가 실내화 벗어서 냄새나게 해요."

"아, 싫다는데 광미가 계속 따라와요."

광미는 깔끔하고 잘생긴 남자애들에게 더 그랬다. 남자애가 도망가는데도 계속 따라다니며 말을 걸고 장난을 쳤다. 어떤 날은 남자 화장실까지 쫓아간 적도 있었다.

처음엔 한두 명만이 광미를 피했는데, 이젠 우리 반 남자애들이 광미만 옆에 오면 도망을 다녔다. 남자애들이 자기를 피해 다니자 광미는 작전을 바꾸었다. 우리 반 남자애들에게서 눈을 돌려 고학년 남자들에게 관심을 가지기 시작한 것이다.

우리 학교에서는 점심시간에 고학년이 와서 1, 2학년 동생들에게 책을 읽어주는 봉사 활동을 했다. 독서부 아이들은 4~6학년 언니, 오빠들이었는데 그날은 5학년 남학생이 우리 반 아이들에게 그림책을 읽어주었다. 독서부 남학생이 큰 목소리로 실감 나게 그림책을 읽어주고, 우리 반 아이들은 조용히 듣고 있었다. 남학생이 그림책을 다 읽어주고는 말했다.

"뭐 궁금한 거 있니?"

아이들 사이에서 광미가 번쩍 손을 들었다. 남학생은 광미에게 말하라고 했다.

"오빠, 나랑 결혼해 줄래?"

우리 반 아이들은 "야, 그런 걸 지금 말하면 어떡해!"하며 웃어댔다. 5학년 남학생은 제법 의젓한 아이였다. 놀라지도 않고 태연하게 대답했다.

"흠, 나는 여자 친구 있어."

광미는 고개를 푹 떨구고는 더 이상 5학년 오빠를 조르지 않았다. 같이 온 독서부 언니들이 광미에게 다가가서 "너 정말 귀엽다.", "아주 재밌어."하며 서운해하지 않게 위로해 주었다. 하지만 광미는 거절당한 걸 분명히 아는 듯했다. 잘 웃던 얼굴에서 웃음기가 사라지고 시무룩한 표정이었다.

그날 수업이 끝나고 나는 광미에게 슬쩍 물어보았다.

"광미야, 아까 책 읽어준 오빠가 마음에 들었니?"

광미는 고개를 끄덕거렸다.

"그래서 그 오빠한테 결혼해 달라고 한 거니?"

나는 문득 궁금증이 생겼다.

"광미야, 그 오빠랑 결혼하면 뭐가 좋은데?"

당연한 걸 묻는다는 듯 광미는 망설임 없이 대답했다.

"제일 친하게 지내잖아요. 헤어지지도 않고요."

나는 광미를 꼭 안아주었다. 그사이 광미는 시무룩한 표정에서 원래의 밝은 얼굴로 돌아왔다.

광미가 생각하는 결혼이란?

광미는 유치원 때 어머니가 돌아가셔서 아버지와 단둘이 살고 있었다. 광미는 나에게 엄마 얘기는 거의 하지 않았다. 광미 어머니의 일은 학부모 상담 때 광미 아버지가 오셔서 말해 주었는데, 광미 어머니는 암으로 돌아가셨다고 했다. 직장을 다니는 보통 남자였던 광미 아버지는 퇴근하고 살림을 하는 게 많이 힘들다고 하소연했다. 광미도 엄마 없이 아빠랑 단둘이 사는 게 힘들었는지 나한테 와서 집에서 있었던 일을 자주 말하곤 했다.

"어젯밤에 아빠가 늦게 왔어요. 아빠 기다리다가 혼자 잠들었어요."

"아빠랑 둘이서 식당에 갔는데 아빠가 술을 많이 마셨어요."

"아빠는 운동화 빨기가 싫대요. 새 운동화 사 주면서 깨끗하게 신으라고 했어요."

아버지는 너무 바쁘고 광미는 아직 어렸다. 그래서 광미는 입던 옷을 계속 입고 오고, 머리도 제대로 안 빗고 올 때가 있었다. 나는 빗과 머리끈을 준비해서 뻗친 광미의 머리를 빗겨 주었지만, 여전히 광미는 많이 외로웠나 보다.

광미는 독서부 오빠에게 거절당한 후 고백하는 걸 그만둘 줄 알았는데, 아니었다. 학교와 학원에서 자기 맘에 드는 오빠들에게 여전히 '나랑 결혼해 줄래?' 하고 물었나 보다. 처음에는 재밌게 봐주던 아이들도 광미가 자꾸 그런 말을 하자 나에게 와서 일렀다.

나는 광미와 다시 이야기를 했다.

"광미야, 친하게 지내고 싶은 오빠를 찾았니?"

"아니요. 못 찾았어요."

"그래서 계속 결혼해 줄래 하고 물었구나."

"네. 그런데 오빠들이 웃으며 놀리기만 하고 대답을 안 해요."

"왜 그럴까?"

"몰라요."

광미는 나랑 말하기를 싫어하는 기색을 보였다. 그런 광미의 모습을 보니 아무리 어려도 이런 것을 캐묻듯이 하면 아이도 불편해한다는 걸 알 수 있었다.

나는 슬쩍 대화 주제를 바꾸었다.

"광미야, 나랑 결혼해 줄래 하고 묻는 거 혹시 어디서 봤니?"

나는 광미가 TV나 영화에서 보고 따라 했나 싶어서 물었는데, 광미의 대답은 내 상상을 벗어난 것이었다. 광미는 내 옆으로 다가오더니 목소리를 낮추었다.

"아빠한테는 비밀인데요. 우리 아빠가 좋아하는 이모가 있거든요. 그 이모랑 전화할 때 맨날 그래요. 나랑 결혼해 줄래?"

광미는 아빠가 하는 걸 보고 따라 하는 거였다. 아빠가 좋아하는 여자와 통화할 때 하는 말을 광미도 좋아하는 오빠에게 똑같이 물은 거였다.

'나랑 결혼해 줄래?' 그건 광미에게 이런 의미였다.

'나랑 친하게 지낼래?'

'나랑 이야기할래?'

'나를 다른 아이들보다 더 관심 있게 봐줄래?'

'나를 다른 아이들보다 더 좋아해 줄래?'

'내가 힘들 때 내 이야기를 들어 줄래?'

'내가 심심할 때 내 옆에 있어 줄래?'

'내가 외로울 때 같이 놀아 줄래?'

'나랑 같이 있어 줄래?'

'내 옆에서 소중한 친구가 되어 줄래?'

나는 광미가 알아들을 수 있게 말해 주었다.

"광미야, 지금은 '결혼해 줄래' 하고 말하면 다들 부담스러워 해. 그냥 '나랑 친하게 지낼래?', '나랑 같이 놀래?' 하고 묻는 게 좋아."

"그렇게 말해도 아이들이 같이 안 놀아 줘요."

"아, 그런 거였구나. 네가 우유 먹고 트림하고, 화장실까지 쫓아간 게 아이들하고 친하게 지내고 싶어서 그런 거였구나?"

광미는 고개를 끄덕였다.

"친구들이 네 마음을 몰라줘서 속상했구나?"

광미는 더 크게 고개를 끄덕이더니 더 작은 소리로 말했다.

"처음부터 그런 건 아니에요. 자꾸 도망가니까 그랬어요."

어른들의 연애만 어려운 게 아니다. 아이들의 친구 사귀기도 무척 어렵다. 광미는 처음에는 "나랑 놀래?" 하며 다가갔는데 싫어하는 눈치를 보이니까 행동을 바꾼 것이다.

광미의 마음에 들면서 광미와 친해질 수 있는 아이가 있을까?

나는 교실을 두리번거리며 오빠들 대신 우리 반에서 그런 멋진 남자를 찾아보기로 했다.

광미의 남자를 찾아서

광미는 키가 작아서 앞자리에 앉는데, 그 분단 제일 뒷줄에는 순우가 있었다. 광미와 순우는 많이 달랐다. 광미는 아빠와 둘이 살지만, 순우는 엄마, 아빠, 할아버지, 할머니와 함께 살았다. 광미는 학교에 오면 책가방을 자기 자리에 두고 교실 여기저기를 다니며 친구들과 얘기를 했다. 순우는 학교에 와서 자리에 앉으면 웬만하면 집에 갈 때까지 움직이지 않았다. 말도 별로 없고 물으면 겨우 "응, 아니!"로만 대답하고, 오로지 엄마가 있는 집에 빨리 가고 싶어 하고, 엄마를 그리워하는 아이였다.

광미는 그런 순우가 눈에 들어오지 않았고, 순우는 광미뿐만 아니라 우리 반 모든 아이들에게 관심이 없었다. 그런 두 아이가 서로에게 관심을 갖게 되는 일이 생겼다.

순우가 학교 가기를 거부한 것이다. 순우 어머니 말로는 처음에는 맛있는 간식을 준비해 준다거나, 원하는 물건을 사 주면서 타일러 보냈단다. 그렇게 잘 적응하는가 싶었는데 얼마 전부터, 정확하게는 직장에 다니던 엄마가 잠시 쉬게 되자, 순우가 막무가내로 학교에 가고 싶지 않다고 떼를 쓴다는 거였다. 나는 우선 어머니에게 순우를 데리고 학교에 오시라고 말씀드렸다.

엄마의 손을 꼭 잡고 복도에 서 있는 순우는 한눈에도 억지로 학교에 온 듯 보였다.

나는 순우에게 물었다.

"교실에 들어가서 친구들이랑 같이 공부할까?"

순우는 고개를 흔들었다. 순우는 그렇게 복도에서 한 시간 넘게 버텼다. 나는 다시 물었다.

"그럼 엄마랑 같이 들어갈까?"

순우가 엄마를 쳐다보더니 한참 만에 고개를 끄덕였다. 나는 교실에다 순우 어머니가 앉을 자리를 마련했다. 순우는 맨 뒤

에 엄마와 같이 앉았다. 순우는 편안해 보였고, 어머니는 몸 둘
바를 몰라 안절부절못했다.

순우 어머니가 우리 교실에 오자 광미의 눈이 반짝거렸다. 새
로운 인물에 대한 호기심으로 광미는 쉬는 시간이 되자 순우 자
리로 달려갔다.

"아줌마, 나 아줌마 봤어요."

순우 어머니는 광미가 이야기를 걸어주자 반가워하며 되물
었다.

"언제 나를 봤어?"

"입학식 할 때도 아줌마가 우리 옆에 있었잖아요."

순우 어머니는 짧게 "아, 그랬지!" 하고 대답해 주었다. 생각
해 보니 그때도 순우는 엄마와 떨어지길 싫어했다. 다른 부모
님들은 모두 뒤에 서서 입학식에 참여했는데, 순우 어머니는
순우가 손을 잡고 놓지 않아서 입학식 내내 순우 옆에 서 있었
다. 그걸 광미가 본 것이다.

순우는 자기 엄마가 광미랑 자꾸 얘기하게 싫었는지 엄마의
손을 잡아당겼다. 자기에게 관심을 가지라는 표시였다. 순우
어머니가 광미에게 말했다.

"참 예쁘게 생겼구나. 우리 순우랑 친하게 지내면 좋겠다."

광미는 그제야 순우 어머니에게서 눈을 떼서 순우를 바라보았다. 마치 처음 보는 아이처럼 낯설어하면서. 광미가 먼저 순우에게 말을 걸었다.

"넌 좋겠다. 이렇게 엄마랑 같이 학교에 있어서!"

다른 아이들은 엄마랑 같이 교실에 있는 순우가 1학년답지 않다고 느끼는데 광미는 진심으로 부러운 눈치였다. 순우는 여전히 아무 말 없이 엄마 손만 꼭 잡았다.

너무나 다른 두 사람

순우는 생각보다 고집이 셌다. 엄마와 함께 학교에 올 때는 괜찮았지만 혼자 교실에 들어오려고 하지 않았다. 다음 날부터는 엄마가 복도에서 기다리기로 했다. 엄마의 얼굴이 복도 유리창에 보여야 했다. 순우 어머니는 다리가 아파도 제대로 앉지도 못하고 순우를 기다려야 했다.

순우 어머니는 순우가 왜 그러는지 모르겠다며 하소연했다. 유치원 다닐 때까지 할머니가 돌보고 엄마는 직장을 다녔는데, 요즘 엄마가 집에 있는 걸 알고부터 이상해졌다며 속상해했다.

그때부터 광미는 자주 순우 자리를 찾아갔다. 광미 눈에는 순우가 정말 행운아처럼 보였는지 순우에게 가기만 하면 엄마 얘기를 했다.

"너, 엄마랑 오늘도 같이 왔어? 오늘은 뭐 해? 이따가 나랑 같이 갈래?"

처음에 고개만 끄덕이던 순우는 얘기가 길어질수록 고갯짓도 하지 않고 가만히 있었다. 광미는 쉬는 시간에 복도에 나가 순우 엄마랑 종알종알 교실에서 있었던 일을 이야기했다.

순우는 그냥 엄마 옆에 아무 말 없이 있다가 교실로 들어왔다.

그날 공부가 끝난 후 나는 순우와 어머니가 있는 자리에서 어렵게 말을 꺼냈다.

"순우야, 엄마가 복도에서 기다리는 거 봤지?"

"네."

순우는 작은 목소리로 대답했다.

"엄마는 네가 공부 끝날 때까지 복도에 계셨어. 교실이든, 복도든, 집이든, 네가 보든, 보지 않든 엄마는 늘 순우를 기다리셔. 어디 가지 않고 말이야. 엄마가 복도에서 기다리니까 어땠어?"

좋다고 말하는 순우 대답에 엄마는 "휴" 한숨을 쉬었다.

"순우 어머니는 복도에서 기다리니까 어떠셨어요?"

순우 어머니는 순우 눈치를 보며 대답했다.

"복도에서 계속 기다리니까 너무 힘들어요."

나는 어머니와 미리 의논한 말을 순우에게 말했다.

"순우야, 엄마가 너무 힘드시니까 복도에서 기다리지 말고 집에서 기다리게 하시면 어떨까?"

순우는 금방 얼굴이 어두워지더니 고개를 흔들었다.

"그럼, 순우야! 공부 끝나고 1층 현관에서 만나면 어떨까?"

순우는 여전히 싫은 기색이었지만 엄마가 학교에서 기다린다니 고개를 흔들지는 않았다.

순우 어머니는 순우에게 말했다.

"순우야, 엄마가 현관에서 기다릴게. 혹시 순우가 부르면 갈 수 있게 말이야!"

순우는 그제야 안심이 되는 듯 엄마를 쳐다보았다.

다음 날 순우의 자리가 비어 있길래 지각을 하나 싶었다. 그런데 광미가 교실에 들어와서는 나에게 말했다.

"선생님, 순우가 학교에 왔는데 현관에서 엄마랑 같이 서 있어요. 올라오자고 말해도 듣지 않아요."

나는 1층으로 내려갔다. 순우는 엄마와 헤어지는 게 싫은지 작은 나무처럼 현관에 오뚝 서 있었다. 나는 순우에게 다가가서 작은 소리로 말했다.

"순우야, 엄마는 공부 끝날 때까지 여기서 기다리실 거야. 우리는 같이 교실로 가자."

순우는 엄마를 바라보며 물었다.

"진짜?"

엄마가 여기서 기다리겠다고 하자, 순우는 억지로 나를 따라서 교실로 들어왔다.

어느 날은 이런 일도 있었다.

"선생님, 순우가 넘어졌는데 안 일어나요."

광미가 나에게 와서 소리쳤다. 나는 무슨 일인가 싶어 서둘러 순우에게 달려갔다.

쉬는 시간에 화장실을 가던 순우가 친구 발에 걸려 넘어진 것이다. 순우는 넘어진 채로 가만히 있었다. 왜 안 일어나나 했더니 자기를 일부러 넘어뜨린 친구가 있다고 생각했나 보다. 우리 반에서 키가 가장 큰 남자아이가 말했다.

"제 발에 걸려 넘어졌어요. 그런데 일부러 그런 건 아니에요."

순우는 그제야 주섬주섬 일어섰다. 나는 키 큰 아이에게 말했다.

"친구가 넘어졌으면 미안하다고 말하고 일으켜 줘야지."

키 큰 남자아이는 순우에게 다가가서 "미안해." 하고 사과했다. 순우는 아무렇지 않게 "응!" 하며 화장실을 갔다.

그때 광미가 순우를 따라가며 이렇게 말하는 게 아닌가?

"너 넘어졌을 때 깜짝 놀랐어. 괜찮아?"

순우는 광미를 제대로 쳐다보며 대답했다.

"괜찮아!"

순우가 화장실을 가는데 광미는 그 뒤를 졸래졸래 따라갔다.

드디어 서로의 짝을 찾다

며칠 후 순우가 멋진 새 옷을 입고 왔다. 나는 혼자 교실 문을 씩씩한 모습으로 들어오는 순우에게 물었다.

"순우야, 오늘 무슨 좋은 날이니? 정말 멋진데!"

순우는 뭔가를 꺼내더니 나에게 가까이 다가왔다.

"생일이에요."

순우는 나에게 자기가 직접 만든 생일 카드를 주었다.

엄마랑 같이 준비한 카드에는 집에서 파티를 한다고 씌어 있었다.

나는 순우에게 물었다.

"누구누구 초대할 거니?"

순우는 고개를 흔들었다.

'이건 뭐지?'

엄마는 친구를 만들어 주려고 생일 파티를 준비했는데, 정작 순우는 누굴 초대하고 싶은지 떠오르지 않는 듯했다.

나는 순우가 누구에게 카드를 주는지 눈여겨보았다. 1교시, 2교시, 3교시, 4교시, 점심시간이 되어도 순우는 생일 카드를 아무에게도 주지 않았다.

'당장 오늘인데 어쩌려고 그러지?'

내 마음과 달리 순우는 느긋해 보였다.

수업을 마치고 집에 갈 때가 되었다. 순우 어머니는 현관에서 순우를 기다리고 있는데, 순우는 생일 초대를 아무에게도 못하다니! 나는 순우를 불렀다.

"순우야, 오늘 생일 축하해! 이건 선생님 선물이야."

나는 생일을 맞은 아이들을 위해 미리 준비해 둔 선물을 순우에게 주었다. 순우는 기분이 좋아져서 꾸벅 인사를 했다.

"네 생일에 초대한 사람 있어?"

순우는 고개를 끄덕였다. 누구인지 물어보려고 했는데 그럴 필요가 없었다. 광미가 순우 뒤에서 다람쥐처럼 튀어나왔다.

"선생님, 오늘 순우 생일이라고 아침에 학교 올 때 저한테 초대장 줬어요."

순우는 엄마랑 같이 학교에 올 때 광미를 만났나 보다. 광미는 순우가 준 초대장을 보여줬다.

"아, 순우가 광미를 초대했구나. 그럼 광미만 가는 거니?"

광미가 소리쳤다.

"아니요. 제가 몇 명한테 줬어요. 순우가 주라고 하는 애들한 테요."

나는 순우만 지켜보느라 광미가 다른 아이들에게 생일 카드를 주는 걸 보지 못했다. 그 뒤 광미와 순우는 다정하게 교실을 나 갔다.

그러고 보니 요즘 광미가 "나랑 결혼해 줄래?" 하는 걸 못 들었다. 순우와 순우 엄마 덕분이다. 광미가 순우한테 "나랑 결혼해 줄래?" 하고 물으면 어떻게 될까? 아마 모르긴 해도 순우는 틀림없이 거절할 거다. "나는 엄마랑 결혼할 건데!" 순우는 이럴 것 같다.

그래도 광미는 아무렇지 않을 것이다. 이제 광미는 결혼보다 더 좋은 게 있다는 걸 알았다. 친하게 지내는 친구, 교실에서 함께 있을 친구를 만났으니까.

09

말하고 싶지 않은 아이 & 말하고 싶은 아이

●

전화기 너머로 준이 어머니의 부들부들 떨리는 목소리가 들렸다.

"선생님, 준이가 학교에서 돈을 빼앗겼어요."

내 목소리도 준이 어머니처럼 높아졌다.

"네? 누구한테요? 얼마나요?"

"오백 원이요. 돈이 문제가 아니라 1학년 아이에게 어떻게 이런 일이 있을 수 있나요? 이것뿐이 아니에요. 계속 괴롭히며 따라다녀서 준이가 학교 가기 싫대요."

가만, 이건 큰 문제다. 돈을 빼앗긴 데다 지속적인 괴롭힘이라니. 준이는 우리 반 중에 가장 키가 크고 힘도 센 남자아이다. 파마머리에 부리부리한 눈매, 어디 한 군데라도 만만하게 보이지 않는데 누가 그 애를 괴롭힌다는 거지?

나는 조심스럽게 준이 어머니에게 물었다.

"누구라고 얘기를 하던가요? 고학년 아이가 아닐까요?"

준이 어머니는 한숨을 쉬더니 목소리를 조금 낮추었다.

"준이가 대답을 안 하더라고요. 말하고 싶지 않대요"

준이는 그랬다. 가끔 말하고 싶지 않다며 입을 다물 때가 있었다. 자기 마음에 들지 않을 때, 속상할 때, 화가 날 때는 아예 말을 하지 않았다. 무슨 일이냐고 물어도 입뿐 아니라 귀도 닫힌 듯 말도 안 하고 못 들은 척했다.

준이는 그날 학교에 오지 않았다. 어머니는 집에서 쉬며 어떤 일이 있었는지 알아보겠다고 했고, 나도 학교에서 반 아이들에게 물어보겠다고 했다. 준이가 말하고 싶어 하지 않으니 참 난감한 상황이었다.

학교에서 준이 얘기를 하기도 전에 별이가 앞에 나와 물었다.

"선생님, 준이 왜 안 왔어요?"

별이는 말하고 싶은 건 참지 못한다. 학교에서 있었던 일은 집에 가서 다 얘기하고, 집에서 있었던 일은 학교에 와서 다 말한다. 말하고 싶어 여기저기 끼어들어 별이의 주변은 소란하기도 하고, 가끔 말다툼을 할 때도 있었다.

나는 반 아이들에게 준이가 어제 돈을 빼앗겼는데 혹시 본 적이 있냐고 물었다. 아무도 없었다. "어머, 누가 그랬어요?" 별이의 목소리가 유난히 크게 들렸다. 수업을 마치고 준이 어머니에게 전화를 걸었다.

"준이가 이야기를 하던가요? 우리 반 아이들은 준이가 돈을 빼앗기는 걸 본 적이 없다고······."

준이 어머니는 내 말이 끝나기도 전에 소리쳤다.

"준이가 겨우 말을 했는데 같은 반 여자라고 하던데요? 이름은 말하고 싶지 않대요."

다음 날 학교에 나온 준이와 이야기를 했다. 준이는 입을 꼭 다물고 바위같이 단단하게 앉아 있었다. 내가 다가서서 준이의 어깨를 다독거렸다.

"준이야, 많이 속상했구나. 지금은 좀 괜찮니?"

준이가 살짝 고개를 끄덕였다.

"선생님한테 말을 해주면 좋겠어. 그래야 그 애한테 너에게 사과하라고 얘기할 수 있거든."

준이는 잠시 머뭇거리다 중얼거렸다.

"별이에요."

나는 별이를 따로 만났다. 별이는 그동안 참았던 이야기를 술술 쏟아냈다.

"공부 끝나고 집에 가는데 준이가 보여서 같이 가자고 했어요. 준이가 아무 말 없이 미끄럼틀로 올라가길래 나도 따라갔어요. 준이가 나랑 미끄럼틀 타자고 하는 줄 알았거든요. 준이는 미끄럼을 안 타고 가만히 있어서 내가 잡기 놀이를 하자고 했어요. 그랬더니 갑자기 준이가 주머니에서 돈을 꺼내서 운동장으로 던지는 거예요. 왜 던지냐고 했더니 나한테 가지라고 했어요. 그래서 돈을 가지러 내려갔다 오니까 준이는 없어졌어요. 집으로 갔나 봐요."

다음 날 두 어머니들과 같이 학교에서 만났다. 준이 어머니는 별이와 별이 어머니를 찡그리며 쳐다보았다. 나는 별이에게 물었다.

"별이야, 너는 왜 준이한테 같이 가자고 했어?"

별이가 어쩐 일인지 쭈뼛거리더니 말했다.

"준이랑 같이 놀고 싶어서요."

나는 준이를 보고 물었다.

"준이야, 너도 별이랑 같이 놀고 싶었니?"

준이는 말은 하지 않고 고개만 흔들었다. 준이가 입을 다물자 준이 어머니가 대신 이야기를 했다. 준이가 학교에 오는 게 별이 때문에 싫다고 했고, 남자애들이랑 노는데 자꾸 다가오고,

옆에 와서 말 시키는 것도 화가 났단다. 별이가 툭 치고 도망가면 여자라서 같이 때릴 수도 없어서 속상했단다.

나는 준이에게 물었다.

"그날 미끄럼틀에서 돈은 어떻게 한 거니? 돈을 뺏긴 거니, 아니면 네가 집어 던졌니?"

준이가 가만히 있어서 나는 다시 질문을 바꾸었다.

"준이야, 네가 돈을 집어 던졌니?"

준이가 고개를 끄덕였다.

"별이한테 주고 싶어서 준 거니?"

준이가 고개를 흔들었다.

"주고 싶지 않은데 준 거구나. 그래서 어머니한테 빼앗겼다고 말한 거구나."

준이는 고개를 끄덕였다.

그걸 본 별이 어머니는 준이와 준이 어머니에게 미안하다고 사과했다. 별이가 집에 와서 준이 얘기를 많이 해서 둘의 사이가 좋은 줄 알았다고 했다. 별이는 엄마 품에 고개를 파묻으며 울먹거렸다.

나는 별이에게 물었다.

"그 오백 원은 어떻게 했어?"

"저금통에 넣었어요. 준이가 준 거라서요."

아, 별이는 왜 이렇게 눈치가 없는 건가? 미끄럼틀에서 돈을 던진 걸, 별이는 준이가 좋아서 주는 줄 알고 그 돈을 소중하게 자기 저금통에 넣었단다. 나는 준이와 별이를 번갈아 바라보았다. 별이는 좋아하는 자기 마음만 믿고 준이만 보면 달려갔고, 그게 준이의 입을 더 다물게 만들었나 보다.

그 후로 별이는 준이를 봐도 더 이상 쫓아가지 않았다. 아무리 좋아하는 사람도 상대방이 싫어할 때는 참아야 하는 걸 배우는 중이었다. 준이는 조금씩 자기 마음을 얘기했다. 가끔 준이가 말하고 싶지 않다고 입을 다물면 나는 슬쩍 준이 옆에 가서 말했다.

"준이야, 말해야 알 수 있지. 말 안 하면 아무도 네 마음을 모른단다!"

그렇게 준이와 별이는 다른 사람들과 소통하는 법을 어렵게 배우고 있다.

10

강호 이야기

●

 그동안 내가 담임을 맡았던 아이들이 천 명 가까이 된다. 일 년 동안 같이 있다 보면 아이들이 교실에 들어오기 전 복도에서 들리는 목소리만 듣고 '누가 오고 있구나', 교실 바닥에 떨어진 낙서를 보면 '이건 누구 글씨인데' 하고 짐작할 수 있다. 아이들도 마찬가지인가 보다. 학년말쯤 되면 아이들은 나도 모르던 내 모습에 대해 말해 주기도 한다. 3학년 여학생이 "선생님은 눈을 자주 깜박거려요." 해서 그런가 하고 거울을 보니 정말 그랬다.

 천 명 가까운 아이들 중 제일 먼저 떠오르는 얼굴이 있다. 사람의 마음이란 참 묘해서 가장 기억에 먼저 떠오르는 아이는 공부 잘하고 의젓한 모범생이 아니었다. 수업 시간에 보기만 해도 힘이 나서 헤어지기 아쉬웠던 아이도 아니었다. 학교에 오기를 싫어하고, 교실에 들어오는 걸 한라산 정상에 오르는 것보다 더 힘들어했던 아이. 교사로서 나의 부족함을 절절하게 느끼게 했던 그 아이, 강호가 제일 먼저 떠올랐다.

강호와의 첫 만남

강호는 내가 5번째 부임한 학교에서 만났다. 그 학교에서 나는 연구 부장과 2학년 학년 부장을 맡았다. 출근 첫날이라 설렘과 긴장의 마음으로 선생님들과 인사를 나누고 교실로 왔다. 갑자기 복도에서 시끄러운 소리가 들리더니 6학년 선생님이 놀라서 우리 교실로 찾아왔다. 화장실 앞에서 우리 반 아이가 싸우는 걸 말렸는데 지금 그 아이가 울고 있다고 알려주었다.

나는 화장실 앞으로 달려가면서 생각했다.

'1학년에서 막 올라온 아이라 너무 어려서 그런가? 고학년에게 덤비다가 맞았나?'

힐끔거리며 지나가는 아이들 앞에서 강호는 서럽게 울고 있었다. 2학년치고는 꽤 덩치가 있어 교실을 못 찾은 건 아닌 것 같았다. 강호는 아기 호랑이처럼 눈을 꼭 감고 주변을 쳐다보지도 않고 꾸역꾸역 울음을 토해내며 외쳤다.

"다 필요 없어, 죽어 버릴 거야!"

이 두 마디를 계속 반복하며 우는데, 그 모습을 보고 난 심장이 덜컥 내려앉는 줄 알았다. 모든 교사는 죽고 싶다는 학생을 만나면 가슴이 덜컥 내려앉는다. 아무리 장난스레 하는 말이라도, 아무리 2학년이라도 죽고 싶다는 말을 들으면 심장 마비를 일으킬 만큼 놀라게 된다. 게다가 그날은 새 학기가 시작되는 첫날이고, 아직 1교시 시작도 안 했는데 그런 말을 하다니!

강호는 거의 10분 동안이나 그 자리에서 서서 큰 소리로 울며 말했다.

"싸운 게 아니라고요. 그냥 말하고 있었다니까요!"

강호는 자기는 싸운 게 아닌데 선생님이 싸우지 말라고 해서 억울했단다. 나는 강호를 다독이며 교실로 데리고 왔다. 강호는 훌쩍이며 뒷자리에 앉아 2학년 첫날 짧은 공부를 했다.

다음 날 강호는 학교에 조금 늦게 왔다. 1교시가 시작될 무렵 어머니와 같이 왔는데, 교실로 들어오지 않고 복도에서 어머니와 실랑이를 벌였다. 강호 어머니는 어제 나와 전화 상담을 한 후라 나에게 눈인사 정도만 하며 말했다.

"얘가 자꾸 학교에 안 오려고 해서 데리고 왔어요. 빨리 교실로 들어가. 선생님 나오셨잖아."

강호는 나를 쳐다보지 않고 엄마에게 고개를 흔들었다.

"공부하고 오면 네가 좋아하는 야구공 사 줄게."

그제야 강호는 엄마에게 다가서서 진짜냐며 엄마 손에다 도장을 찍고 복사를 했다. 그러고는 겨우 교실에 들어왔다.

전날 나와 통화를 할 때 강호 어머니는 강호가 ADHD 약을 먹다가 아버지가 강호의 의지를 믿고 끊어보자고 해서 약을 중단한 상태라고 했다. 이후 아침마다 강호는 엄마와 같이 학교에 왔다. 가끔 아빠와 오기도 했는데, 교실까지 데려다주지 않으면 강호는 현관에서 2층 우리 반까지 올라오는데 30분이 넘게 걸리기도 했다. 강호에게 왜 늦었냐고 물으면 "그냥요. 학교 오기 싫다고요!" 했다.

강호는 억지로 학교에 온 거고, 끝나면 엄마가 사 줄 야구공이나 선물 받을 생각만 했다. 수업에 흥미를 못 느껴 교과서와 공책을 꺼내라는 말도 못 들은 척했다. 대신 도서관에서 빌려 온 책을 책상 위에 올려놓았다. 수업을 시작하면 강호는 슬슬 앞뒤에 있는 애들에게 장난을 걸고, 교실을 돌아다니며 툭툭 공부하는 아이들을 건드렸다. 사물함을 열어 놓고 사물함 문짝을 한꺼번에 '탁' '탁' '탁' 소리가 나게 닫기도 했다. 모두 조용히 수학 문제를 풀면, 강호는 혼자 교실 뒤에서 애벌레처럼 꾸물꾸물 배를 밀면서 왼쪽 끝에서 오른쪽 끝까지 기어 다니기도 했다.

회초리를 들어야 말을 들어요

교사가 되고 처음으로 거대한 벽을 마주한 것 같았다. 새벽에 일어나 오늘 하루는 어떻게 해야 할까 고민하다 잠을 설쳤다. '하루를 무사히' 라는 기도가 절로 나왔다. 강호는 내가 학교에서 만난 아이 중 가장 마음을 읽기 힘든 아이였고, 나는 점점 강호에게 부족한 교사라는 생각이 들었다.

강호는 지능적으로 문제가 없었다. 읽기도 하고 수학 문제를 풀 실력도 있었지만, 본인이 하고 싶어 하지 않은 게 가장 큰 걸림돌이었다. 강호는 학교 공부가 싫은 아이였다. 학교에 오고 싶지 않은데 자꾸 가라고 하니까 화가 잔뜩 난 채로 등교했다.

강호 어머니는 직장을 다니고, 아버지는 가게를 해서 바쁜 중에도 강호가 학교에서 일이 있을 때마다 번갈아 와 주셨다. 두 분 모두 강호가 학교에서 잘 적응하기를 바랐지만, 강호가 자꾸 학교 가기를 거부하자 많이 당황해하셨다. 나도 경력이 많은 교사임에도 이런 학생은 어떻게 해야 할지 막막했다.

학부모 공개 수업을 하는 날이었다. 강호는 기분이 안 좋은지 1교시부터 투덜거리더니 급기야 학부모님들이 한두 분 오시는데 떼를 부렸다.

"공부는 왜 해요? 난 하기 싫어요."

나는 부모님들이 우리가 공부하는 걸 보러 올 거라고 말했다.

"우리 엄마, 아빠는 안 와요. 난 우리 반 하기 싫다고요."

소리 지르고, 울면서 책상 위에 있던 책을 다 밀어서 아래로 떨어뜨렸다. 의자도 뒤집어 놓고 공부하기 싫다고 소리를 질렀다. 공개 수업을 시작해야 해서 야단을 칠 수도, 상담을 할 수도 없는 시간이라는 걸 강호는 아는 것 같았다.

부모님께 연락했더니 아버지가 뛰어오셨다. 나는 강호가 진정이 되고 나서 공개 수업에 참여하면 좋겠다며 우리 반 옆에 있는 보건실로 안내했다.

나는 학부모 공개 수업을 하는 동안 강호와 아버지가 교실로 들어오길 기다렸다. 그러나 수업이 다 끝나도록 강호는 오지 않았다. 보건실에 가 보니 강호는 그때까지 아빠의 말을 안 듣고 고집을 부리고 있었다. 강호 아버지는 교실에 가자고 하고, 강호는 싫다고 했다. 내가 들어온 걸 보고 아버지는 버럭 화를 내며 "너 이리 와봐!" 하자 강호가 움찔했다. 그때 나는 보았다. 처음에는 움찔하며 겁을 내던 강호는 아빠가 큰소리만 칠뿐 회초리를 들지 않으니 다시 바닥을 뒹굴었다. 그런 강호의 모습에 강호 아버지는 두리번거리며 뭘 찾더니 "이 녀석이!" 하며 보건실 귀퉁이에 있던 청소 빗자루를 집어 들었다. 그제야 강호는 빗자루를 보고 무릎을 꿇고 "잘못했습니다." 하며 태도가 달라졌다.

"아빠가 회초리를 들어야 말을 들어요."

나중에 강호 어머니의 말을 들어보니 아빠가 회초리를 들어야 강호의 행동이 멈출 때가 많다고 했다. 지금은 2학년이라 회초리로 말을 듣지만, 더 크면 어떻게 하나 걱정이라고 했다. 그래서 내가 다독이며 부드럽게 하는 말이 강호의 귀에 들리지 않는 것 같았다. 교사의 말을 듣지 않는 이유가 회초리가 없어서라니.

하고 싶은 거 해보기

나는 강호를 어떻게 지도하면 좋을지 자료를 찾고, 선배나 동료 교사들에게 조언을 구했다. 강호는 지능이 부족하거나 발달 장애가 있는 아이가 아니다. 자기 마음을 조절하는 능력이 부족한 아이였다. 부모님과 함께 강호의 교육을 위해 의논하는 게 가장 먼저 필요할 것 같았다.

이후 난 강호 어머니와 상담을 했다. 강호가 "엄마는 좋은데 아빠는 엄청 무서워요." 하는데, 어머니도 아시냐고 물었더니 "집에서도 그렇게 말해요."라고 대답했다. 강호는 엄격하게 야단치는 아빠보다 자기 말을 잘 들어주는 엄마가 좋은 거였다. 학교에 갈 때도, 무슨 일이 생겨서 학교에 부모님이 올 때도 아빠가 오는 것보다 엄마가 오길 바란다고 했다. '엄마바라기' 처럼 엄마를 좋아하는 강호. 어머니는 그 이유가 생후 백 일부터 강호를 어린이집에 맡긴 것보다, 남편과 다투고 얼마간 집을 비운 게 더 큰 이유인 것 같다고 했다. 그 이후 엄마에 대한 애착이 눈에 띄게 커졌단다. 강호는 뭐든 다 해주는 관대한 엄마와 무서운 아빠 사이에서 갈팡질팡하는 것 같았다.

강호는 자기가 학교에 있는 동안 엄마가 어디를 갈까 봐 불안한 마음도 있어 보였다. 그래서 더욱 학교에 오기를 싫어하나 싶었다. 학교에서 적응하지 못해 집에 연락하면 은근히 강호는 엄마가 오길 기다리는 듯했다. 어린 강호 마음에는 아침마다 엄마와 같이 학교에 오고, 무슨 일이 있을 때마다 학교에 달려오는 부모님, 특히 엄마가 마냥 좋은 것 같았다.

상담을 하며 강호를 위해 학교에서 할 일과 부모님이 집에서 할 일들을 공유하고 같이 돕기로 했다.

어머니와의 상담 후, 난 강호와 단둘이 어떻게 공부를 하면 좋을지에 대해 이야기를 했다.

"강호야, 네가 학교에서 하고 싶은 게 뭐니?"

내 질문에 강호는 눈이 둥그레지며 나를 쳐다보았다.

"도서관에 가는 거요."

"좋아. 그럼 너는 학교에 오면 선생님한테 허락받고 도서관에 가도 돼."

"정말이요?"

"응, 대신 도서관에서 교실로 올 때도 사서 선생님한테 얘기하고 오는 거야. 그럼 그다음으로 하고 싶은 건 뭐니?"

"야구하는 거요."

"그래? 야구는 공부 시간에 할 수 없으니까, 쉬는 시간이나 운동장에 나갈 때 해도 돼. 대신 공이나 방망이를 가져오면 위험해서 안 되는데 어쩌지?"

"없이도 할 수 있어요. 저는 야구 선수가 될 거니까 없어도 잘할 수 있어요."

"그래. 그거 좋은 생각이다. 강호야, 이게 제일 중요한 건데, 집에 가기 전 알림장에 오늘 공부를 잘했는지, 중간인지, 부족했는지를 스스로 표시하는 거야. 할 수 있겠니? 부모님이 네가 학교에서 열심히 하고 왔는지 궁금해하시거든."

강호는 그쯤은 쉽다는 듯 고개를 끄덕였다.

다음 날, 강호는 1교시가 시작되자 도서관에 가겠다고 했다. 나는 포스트잇에 시간을 적어 주면서 도서관 선생님께 보여드리고 나올 때 시간을 적어 오라고 했다. 강호는 금방 다녀왔고 자랑스럽게 포스트잇을 내밀었다.

또 다른 날은 학년 체육을 하는 날이었는데, 운동장으로 나가는 강호의 기분이 좋아 보였다. 2학년이 모두 준비 운동을 하고 반별로 이어달리기를 했다. 모두가 이어달리기를 하는 와중에도 강호는 혼자 운동장 가운데 서서 엉덩이를 쭉 빼고 야구를 했다. 방망이는 없이 마치 야구 선수처럼 투명 방망이를 든 자세로 엉덩이를 흔들거리더니 공을 치는 흉내를 냈다. 강호는 야구를, 반 아이들은 반별 이어달리기를 열심히 했다.

어느 날은 알림장을 쓰는데 강호가 앞으로 나왔다.

"선생님, 나 오늘 공부 아주 잘했어요. 국어도 잘했고, 수학도 잘했고, 운동장 체육도 전부 다 잘했어요."

나는 강호가 스스로 표시하는 걸 지켜보며 천천히 물었다.

"정말? 1교시부터 4교시까지 전부 다 잘했어?"

강호는 그렇다며 알림장에 동그라미 두 개씩(◎)을 커다랗게 그려 넣었다.

그렇게 일주일을 공부한 강호는 주말에 엄마, 아빠와 야구장에 갔다. 그렇게 하기로 부모님과 약속을 한 것이다. 평일에 학교에 잘 다닌 강호는 엄마, 아빠와 원하는 곳에 가기로 했다. 야구를 좋아하는 강호는 야구 경기를 보고, 좋아하는 야구 선수의 등번호와 이름이 적힌 야구복까지 사서 입고 왔다.

그건 개 사정이죠

강호는 공부 시간에 조금씩 관심을 보이고 참여했다. 즐거운 생활시간에 「꿩 꿩 장 서방」 노래를 배웠다.

"꿩 꿩 장 서방 자네 집이 어딘고 이 산 저 산 넘어서 솔밭집이 내 집일세."

노래가 끝난 후, 내가 아이들에게 왜 꿩에게 장 서방이라고 부르는지 물었다.

한 아이가 거꾸로 되물었다.

"왜 꿩이 장 서방이에요? 꿩이면 꿩 서방이라고 해야지."

도서관에서 빌려온 책을 읽던 강호가 대답했다.

"남자 꿩을 장끼라고 하니까 장 서방이지."

이렇게 의젓하게 대답을 하고 박수를 받은 강호. 5분 후 강호는 바로 앞에 앉은 현수의 등을 쳤다. "아~" 현수가 소리를 내니까 재미있는지 또 현수의 등을 쳤다. 내가 다가가서 하지 말라고 하자, 강호는 "왜, 나만 미워하고 그래요?" 하며 입이 불쑥 나왔다.

얼마 후 복도로 나갔다가 친구랑 부딪친 강호가 아프다며 나에게 와서 일렀다. 나는 강호를 보면서 말했다.

"그래, 많이 아프겠다. 지금 기분은 어떠니?

"속상하죠, 아프고요."

"그렇구나. 그럼 아까 너한테 맞은 현수 기분이 어땠을까?"

"그건 걔 사정이죠."

"너는 부딪친 걸로도 속상하고 아픈데 현수는 어떨 것 같니?"

내가 정색을 하며 다시 묻자, 잠시 생각하더니 강호가 툭 내뱉는 말,

"아~ 인생 정말 복잡하네."

강호는 자기 행동이 잘못됐다는 걸 깨닫기까지 한참 걸렸다.

집에 갈 때 알림장을 갖고 나온 강호가 말했다.

"오늘은 조금 못한 것도 있어요."

"뭐가?"

"아까 현수 때린 거요."

강호는 조금씩 자기를 제대로 살피는 마음을 갖게 되었다. 물

론 여전히 자기가 다 잘했다고 억지를 부리거나 아예 알림장을 꺼내지 않는 날도 있었다. 그런 날은 제대로 말썽을 부린 날이었다.

강호를 보면서 부모님의 역할이 중요한 걸 다시 느꼈다. 강호의 불안하던 마음이 조금씩 안정되어 가는 건 부모님 덕분이었다. 특히 아버지는 강호와 자주 얘기를 했고 어머니, 아버지는 강호를 위한 적절한 엄격함과 관대함의 정도를 함께 의논했다. 나는 강호 어머니에게 학교에서 있었던 일을 말씀드리고 집에서 있었던 일을 자주 들었다.

강호와 함께했던 시간은 내 교직 생활에서 가장 고민을 많이 했던 시간이었다. 강호에게 어떤 게 필요할지, 부모님과 어떤 노력을 해야 할지 계획하고, 실천하고, 반성하고, 다시 수정하는 걸 반복했다. 강호에게 가장 필요한 것은 엄마의 사랑과 아버지의 인정이었다.

"죽어 버릴 거야. 다 필요 없어!"

2학년 첫날, 강호의 울부짖음은 교사인 나와 부모님을 깜짝 놀라게 했지만, 그건 강호가 자기 마음을 알리는 다급한 신호였다. 어린 시절에 엄마와 떨어진 두려움과 영영 헤어질까 무섭고 불안했던 강호. 그 신호를 알아채고 의미를 찾아내기까지 많은 시간이 걸렸다. 나의 교직 생활에 가장 기억에 남는 특별한 아이를 만나 힘들었지만, 강호와 강호 부모님 덕분에 함께 그 높고 어려운 벽을 겨우 넘을 수 있었다.

11

아이들의 말로 하기

학교 특색 활동인 태권도 수업을 하는 첫 날, 아이들은 무척 신이 났다. 태권도를 배운 아이들은 자신 있어서, 처음 배우는 아이들은 기대로 흥분했다.

"잘할 수 있나요?"

"네, 잘할 수 있어요!"

태권도 선생님이 묻자, 아이들은 모두 천장을 뚫듯 대답했다.

그런데 내가 뒤에 서 있어서 그랬을까? 태권도 선생님은 40분 수업 시간 내내 강단 위에서만 지도했다. 아이들 곁으로 내려온 적이 한 번도 없다. 차려 자세를 가르칠 때도, 막기 동작을 가르칠 때도 앞에서 시범만 보일 뿐이었다.

그러다 보니 앞쪽 아이들 목소리는 점점 커지는데 뒤쪽 아이들 목소리는 점점 작아졌다. 뒤에서 보니 태권도 선생님은 아주 멀어 보였다. 앞에서 하는 태권도 선생님의 시범 동작은 뒤쪽 아이들에게 잘 보이지 않았다. 그나마 배운 아이들은 잘 따라 했지만 처음 하는 아이들은 갈팡질팡했다. 구부정한 자세로 힘없이 팔을 뻗는데 태권도 선생님은 여전히 앞에서만 가르쳤다.

문득 초임 교사 때가 생각났다. 그 당시 나는 교사가 앞에서 가르칠 때 아이들이 가장 잘 배우는 줄 알았다. 칠판 앞에 있는 교탁에 서서 아이들을 바라보며 목청껏 가르쳤다. 일주일에 2~3일 이비인후과에서 치료를 받아가며 소리를 질렀다. 그게 최선을 다하는 교사라고 생각했다.

잘 모르는 게 있는 아이는 공부 시간이 끝나도 집에 보내지 않았다. 늦더라도 남겨서 제대로 배우게 하고 싶었다. 집에 가고 싶어 아이들의 엉덩이가 들썩거렸는데도 일부러 못 본 척했다.

지금은 많이 달라졌다. 아이들과 함께 오래 있다 보니 아이들의 마음이 내게도 전달되었나 보다. 교사인 내가 미처 못 알아차린 아이들만의 사정이 있을 거라고 짐작한다. 그래서 아이에게 물어본다.

"왜 못 했니?"

"왜 늦었니?"

"왜 싸웠니?"

그러면 아이들은 이르듯이, 속상한 듯이, 심지어 눈물을 흘리면서 자기의 속마음을 말했다.

"잘 모르겠어요."

"아무도 안 깨워 줬다고요."

"쟤가 먼저 나를 때렸어요."

그렇구나. 그렇구나. 너희들이 못할 만한, 늦을 만한, 싸울 만한 이유가 있었구나. 그러면서 아직도 난 너무나 많이 부족한 교사임을 느꼈다.

교사는 앞에서 가르치는 게 아니었다. 교단 앞에서 아무리 목소리를 높여도 아이들은 선생님이니까, 어른이니까 하며 그냥 흘려듣고 만다.

아이들이 다 가고 없는 빈 교실, 나도 아이들처럼 맨 뒤에 있는 조그만 의자에 앉아 보았다. 그곳에서 본 교실 앞 칠판은 한참 멀어 보였다. 나조차 이런데 아이들 눈에는 얼마나 더 멀어 보일까? 칠판 앞에 서 있는 선생님이 얼마나 먼 곳에 있는 사람처럼 느껴질까? 선생님이 하는 말이 외계어처럼 어렵게 들리는 게 아닐까?

그 뒤 나는 아이들과 얘기할 때 가능한 아이들 곁에 가서 한다. 물어보는 아이가 앉아 있는 책상 옆으로 가서 몸을 낮춰 아이의 눈을 마주 보려고 한다. 그러면 아이들은 너무 쉬운 걸 묻는데 솔직히 실망감이 확 올라온다.

'아, 나는 가르치는 실력이 부족한가? 왜 아직도 이걸 모른다고 할까?'

그래도 고개를 흔들며 생각을 바꾸려고 노력한다. 나를 책망하기보다, 모르는 아이에게 속상해하기보다 그냥 이게 이 아이에게는 미적분 수준만큼 이해하기 어려운 거구나 한다.

칠판에서 여러 번 설명하고, 수학 익힘책을 풀면서 또 알려준 그 문제를 마치 처음 보는 문제처럼 다시 가르쳐 주었다.

'그래. 아직 이해할 때가 안 돼서 그런 거지.'

제발 이번에는 제대로 알기를 바라며 아이들의 말로 또다시 설명해 본다.

어떤 때는 선생님보다 아이들이 더 잘 가르친다.

– 선생님, 대게가 뭐예요?

(교사) 흠, 대게는 말이야…….

(1학년 학생) 그것도 몰라? 대게는 큰 게야.

가끔 이런 놀라운 일도 있다.

(교사) 오늘은 첫째, 둘째, 셋째를 배웠어요.

자, 그럼 첫째 줄에 앉은 사람부터 첫째, 하면서 일어나

볼까요? 시작!

(첫째 줄에 앉은 아이) 일째

(둘째 줄에 앉은 아이) 이째

(셋째 줄에 앉은 똑똑한 아이) 삼째? 아, 이건 아닌데.

초록동색, 아이들 마음은 누구보다 아이들이 더 잘 안다.

(교사) 어머, 이게 뭐니? 왜 책가방에 돌을 넣고 다녀?

(돌 넣은 아이) 아, 그게……?

(친구 1) 돌을 자세히 보고 싶었구나.

(친구 2) 돌이 뭐라고 했니?

(돌 넣은 아이) 응, 자기를 데려가 달라고 했어.

누가 이 아이를 틀렸다고 할 수 있나?

– 수학 익힘책 문제, 수일이가 다음과 같이 계산을 했습

니다.

수일이가 올바른 답을 구할 수 있도록 도움이 되는 말을

써 보세요.

(문제) 500 ÷ 24 (답) 몫: 2, 나머지 20
(학생) 괜찮아, 좀 틀릴 수도 있지. 연습을 하면 시험에서 100점 맞을거야^*^

같은 생각이야!
(교사) 우리 반 아이들이 너무 싸우는 거 같아, 특히 남학생들 왜 그러는 거지?
같이 좋은 방법을 생각해 보자.
(학생1) 싸우지 않고 사이좋게 지내면 칭찬해 줘요.
(학생2) 싸우는 아이는 남아서 화해하고 가게 해요.
(학생3) 한번 제대로 싸우게 해요. 그러면 안 싸울 거예요.

29살 담임 선생님의 비밀
(학생1) 선생님, 몇 살이세요?
(교사) 그건 비밀인데……?
(학생 1) 알아맞혀 볼까요? 32살!.
(교사) 아, 아닌데.……
(학생1) 37살? 45살?
(교사) 틀렸어, 100살이야!
(학생1) 네?
(학생2) 너 진짜 사회생활 못하는구나!

우리는 여러분 아니지?

월요일, 방송조회 시간

"여러분, 우리 학교의 주인이 누구일까요?"

스피커에서 울리는 교장 선생님의 목소리

1학년 우리 반 아이들은 큰소리로 대답했다.

"교장쌤이요!"

방송실에서 이 소리를 못 들은 교장 선생님

"설마 교장 선생님이라고 생각하는 학생들은 없겠죠?"

눈치 빠른 우리 반 몇 명 아이들, 얼른 대답을 바꾼다.

"우리 반 쌤이요!"

역시 이 말도 못 들은 교장선생님

"우리 학교 주인은 바로 여러분이에요"

그러자 아이들은 서로서로 쳐다보며 묻는다.

"여러분?"

"여러분?"

아이들은 이상하다는 듯이 고개를 갸웃거리며 말했다.

"우리는 여러분 아니지?"

도서관에서 책을 읽을 때

1학년 학생들은 집중시간이 아주 짧다. 어떤 아이는 아예 책꽂이 앞에 서서 책을 읽는다. 고르는데 3분, 읽는데 1분. 다시 꽂아 놓고 또 고르기 시작한다.

다리를 떠는 아이, 콧구멍을 후비는 아이, 아래턱을 양 옆으로 움직이는 아이, 머리를 뱅글뱅글 돌리며 책을 읽는 아이도 있다.
도서관에서 책을 읽는 아이들을 보면 책 보는 것보다 더 재미있다.

화장실 가고 싶을 때
40분 공부하고 쉬는 시간 10분
화장실 가는 것도 일 학년 아이들에게는 힘들다.
40분이 너무 길어서 참지 못하는 아이들이 무척 많다.

벌떡 일어서서 화장실로 달려가는 아이들이 있어 약속을 했다.

그냥 가지 말고 선생님에게 말하고 가기로.

한참 공부하는데 한 아이가 큰소리를 지른다.
"선생님, 쉬하러 갔다 오겠습니다."
공부하던 아이들이
"우헤헤. 낄낄낄"

다시 약속을 했다.
선생님께 가까이 와서 조용히 말하고 가기로.

수업 시작하고 5분도 안 되었는데 앞에 나오는 아이가
있다.
아이는 내 눈을 쳐다보며 속삭인다.
"선생님, 화장실 다녀오겠습니다."
나도 작은 소리로 대답했다.
"응, 갔다 와"

그러자 이게 웬일
너도나도 함께 따라가는 그림자들.

애들아, 정말 급했구나!
결국 그냥 가고 싶을 때 가는 걸로 했다.
쉿, 조용히~~

제 3 장

별을 닮은
아이들

01

노래하는 교실

　　어릴 적엔 꿈이 세 가지가 있었다. 바쁜 사람이 되고 싶었고, 빨리 어른이 되고 싶었고, 선생님이 꼭 되고 싶었다. 어른이 되면 심심하지도 않고, 누구의 잔소리도 안 듣고, 하고 싶은 대로 다 할 수 있을 줄 알았다. 올림픽이 있던 1988년 3월, 드디어 나는 꿈에 그리던 교사로 발령받아 바쁜 어른 선생님이 되었다.

　발령받은 학교는 집에서 버스로 한 시간 반쯤 떨어진 거리에 있었다. 그 학교는 학급이 60개가 넘는 큰 학교였다. 한 반 학생 수가 50명이 넘었는데도 교실이 부족해 3학년까지 오전반과 오후반으로 나눠 수업을 했다. 난 1학년 담임을 맡았는데, 담임을 맡게 된 반이 하필이면 바로 교장실 옆 교실이었다. 교장 선생님은 그해 입학생이 많아 교장실의 반을 1학년 교실로 만들도록 내준 것이었다.

그때의 교실은 지금과 많이 달랐다. 요즘 교실은 컴퓨터와 연결된 대형 TV, 실물 화상기가 있어 영상 자료나 아이들의 작품을 즉시 보여줄 수 있다. 하지만 그때는 뭐든 손으로 만들어야 했다. 교과서에 없는 노래를 가르치려면 전지에 가사를 크게 적어서 괘도를 만들었다. 아이들에게 악보를 한 장씩 나눠 주려면 '가리 방'으로 인쇄를 해야 했다. 지금은 복사기에 넣고 누르면 선명한 악보가 척척 나오지만, 그때는 철필로 가사를 쓰고 가리 방에 붙여 검은 잉크 룰러를 밀어서 한 장씩 만들었다. 철필은 잘 눌러쓰지 않으면 글자가 흐리게 나왔고, 너무 세게 쓰면 종이가 뚫어져 까맣게 나왔다. 나는 그런 가리 방 악보를 만들어 아이들에게 나눠 주고 노래를 가르쳤다.

우리 반 교실엔 교탁 바로 옆에 풍금이 있었다. 나는 풍금을 치며 반 아이들과 노래를 불렀다. 들썩거리는 1학년 아이들과 함께한 초짜 교사의 교실은 종일 노랫소리가 끊이지 않았다. 공부를 시작할 때도 말이 필요 없었다. 풍금으로 길게 '도미솔' 화음을 누르면 아이들은 바른 자세로 앉아 앞을 바라보며 '흠흠' 목청을 다듬었다. 드디어 시작되는 공부 시간, 우리 반이 제일 먼저 부르는 노래는 바로 「우리 반 노래」였다.

"우리들은 1학년 귀염둥이랍니다. 예쁜 친구들, 예쁜 선생님, 우리들은 1학년."

아이들이랑 노랫말을 만들고 내가 곡을 만든 노래였다. 이 노래는 수업을 시작하고 끝낼 때마다 불렀다. 우리 반 아이들은 이 노래를 굉장히 좋아했다. 자기들이 직접 만들었고, 자기들만 아는 노래라고 자랑스러워했다.

국어 시간에는 노래로 글자를 배웠다. '기역, 니은, 디귿, 리을'을 배울 때는 「작은 별」 노래에 맞춰 손가락으로 허공에다 글자를 썼다. 청소할 때 부르는 노래, 이 주일의 노래, 이 달의 노래, 거기다 우리 반 노래까지.

방음도 잘 안되는 옆 교실에서 아침부터 노래를 부르니 교장 선생님은 얼마나 시끄러웠을까? 3교시쯤이면 교장 선생님은 교장실을 나가곤 하셨다. 교장 선생님은 운동장을 빙 돌고 나서 학교 교실을 층층이 한 바퀴씩 돌아다니셨다. 그래서일까, 수업 시간마다 노래를 부르는 거에 대해 선배 교사들이 했던 말이 있다.

"노래 좀 그만해. 교장 선생님이 방황하며 온 학교를 돌아다니시잖아."

말은 그렇게 했지만 실은 교장 선생님이 자주 학교를 순시해서 선배 교사들이 긴장하는 것 같았다. 그런데 교장 선생님은 한 번도 우리 반이 시끄럽다고 말하지 않고 오히려 나에게 학교 합창반 지도를 맡기셨다. 난 1학년 수업을 하고 나서 방과 후에는 학교 합창단 아이들에게 노래를 지도했고, 연말에는 합창 대회까지 나갔다. 교장 선생님은 그런 나를 보고 잘한다고 칭찬해 주셨다. 그래서 나는 교장 선생님은 괜찮으신 거라며 안도하고는 교장실 바로 옆 교실에서 그 해가 다 가도록 우리 반 아이들과 열심히 노래를 불렀다.

이제 내가 교장 선생님의 나이가 되고 보니, 그때 교장 선생님 눈에 내가 얼마나 철없고 순진하게 보였을지 웃음이 난다. 어른이란 자기 마음대로 하는 사람이 아니었다. 1학년 아이들과 신나게 노래하라고 한참 어린 후배 교사에게 교장실을 비워주는 아량이 있어야 했다. 게다가 노래를 그만하라는 말 대신 마음껏 더 노래하라고 합창단까지 맡기며 열심히 했다고 격려해 줄 수 있어야 진정한 어른이구나 싶었다.

02

모르고 있다는 걸 모르면 물어볼 수도 없다

막 교사로 발령받았을 때, 나는 '선생다운 선생'이 되고 싶었다. 그러려면 학생이 뭘 물어보든 자신 있게 대답할 수 있어야 한다고 생각했다. 한두 달 전까지 대학생이었던 나를 '선생님'이라고 불러 주는데, 호칭의 힘이 얼마나 강하던지 그런 생각이 점점 굳어졌다.

발령 첫해, 난 초등학교 1학년 담임을 맡았다. 난 아이들이 엉뚱한 걸 물어봐도 지치지 않고 알아듣게 설명해 주었다. 아이들은 쉬는 시간마다 내 자리에 모여 종알종알 얘기를 했는데, 그 모습이 그렇게 사랑스러울 수가 없었다. 학부모님들은 젊은 교사라 부담이 없어서인지 "반 아이들이 선생님이 정말 좋대요. 학부모들도 선생님 반이라 좋아해요." 하고 말해 주셨다.

나는 진심으로 좋은 교사가 되고 싶었다. 집에서 한 시간 반이 넘게 걸리는 학교까지 지각하지 않으려면 새벽에 일어나 버스를 타야 했다. 아침이면 목이 아파 쉰 목소리가 나와도 학교에 가서 아이들 앞에만 서면 우렁찬 목소리로 변했다. 1학년 10반 중 막내 교사로 하늘 같은 선배님들이 많은데도 난 용감하게도 스스로 잘하고 있다고 믿었다. 선배 교사들은 엄청난 고수들이라 나 같은 후배를 잘 다룰 줄 아는 분들이었다.

"선생님, 수업을 참 잘하네요. 수업 공개를 해보면 어때요?"

"무용도 잘하네요. 내가 안무를 짜 줄 테니 운동회 때 아이들 지도를 하면 잘하겠다."

내가 경력이 짧아 시키는 건가 하는 마음보다 내가 잘하니까 그런 거라며 선뜻 하겠다고 했다. 1학기에는 운동장에서 1학년 아이들에게 무용 지도를 했다. 아이들은 내가 뛰는 만큼 뛰었고, 내가 앞에서 팔을 벌리는 동작만큼 따라 했다. 운동장에서 1시간 무용 연습을 하고 나면 아이들과 나는 똑같이 땀범벅이 되었다. 2학기에는 음악 공개 수업을 했다. 학교 전체 선생님이 참관하셨는데, 1학년 아이들이 즉석에서 가사와 가락을 붙여 노래를 만드는 걸 보며 참신하다고 했다.

그렇게 1년을 마무리하고 성적표가 나가는 학년말이 되었다. 그때는 1학년도 2학기부터 매달 시험을 보고 그걸 평균 내서 과목별로 수, 우, 미, 양, 가로 평가했다. 90점 이상은 수, 80점은 우, 70점은 미, 60점 이상은 양, 그 이하는 가였다. 공부 잘하는 아이들은 통지표를 받기 전부터 자기가 받을 '수'를 기다렸고, 공부 못 하는 아이들은 '양'이나 '가'가 없기를 바랐다.

우리 반에는 전 과목에서 모두 수를 받은 학생이 딱 한 명 있었다. 다른 과목은 잘해도 음악이나 미술, 체육에서 수가 아닌 아이도 여럿 있었다. '1학년이라 모든 과목에 수를 받는 건 힘든 거구나' 했는데, 학부모님이 다른 반은 모두 수를 받는 학생이 여러 명 나왔다고 말해 주었다. '매월 본시험에서 반 평균이 다른 반과 비슷했는데 무슨 일이지?' 궁금해서 그제야 옆 반 선생님께 물었다. 알고 보니 우리 반만 90점이 넘어야 수를 주었고, 다른 반들은 시험이 어려워서 20%를 수를 준 것이다. 다른 반 아이는 85점도 수를 받았다.

나는 너무나 황당하고 기가 막혀서 떨리는 목소리로 옆 반 선생님께 물었다.

"선생님. 그런 걸 왜 안 가르쳐 주셨어요?"

옆 반 선생님은 마음 좋은 선배였는데, 이런 나를 안타까워하며 대답했다.

"선생님이 물어보지 않아서 다 아는 줄 알았지. 왜 묻지 않앉어?"

 아, 그때 나는 알았다. 모르고 있다는 걸 모르면 물어볼 수도 없다는걸. 옆에서 지켜보는 선배 교사는 내가 알아서 잘하고 있는 줄 알았고, 나는 물어보지도 않고 내가 아는 대로 그냥 한 것이다. 물론 나는 그때까지도 나 혼자만 다르게 하는 줄 몰랐다. 다 나처럼 하는 줄 알았다. 아마 학부모님이 말해 주지 않았으면 끝까지 몰랐을 거다.

 내가 모르는 게 많다는 것, 모르는 걸 묻는 게 창피한 게 아니라는 것도 몰랐다. 그때는 내가 잘하는 것, 열심히 하는 것만 보였다. 선배 교사들이 잘하는 것과 열심히 하는 것은 보이지 않았다. 늘 내 시선은 나에게 향해 있었다. 내 학급, 내 반 아이들, 내 학부모님들에게 맞춰져 있었다. 그래서 그때 함께 있었던 분들이 얼마나 멋진 교사들이었고 훌륭한 선배였는지 살필 겨를이 없었다.

 수십 년을 교사로 살다 보니 이제 조금 알 것 같다. 지금도 내가 모르는 게 참 많다는 것을. 교사는 대답을 잘하는 사람이 아니었다. 아이들을 잘 살피고, 잘 듣고, 잘 물어보는 사람이어야 했다. 내가 답을 하느라 아이들이 진짜 하고 싶은 말을 못 들은 건 없었을까? 그래서 상처받은 아이들은 없었을까? 아이들은 그냥 자신들의 이야기를 들어 달라고, 진심으로 들어주기만을 바랐는데, 그걸 모르고 정답을 말하려고 애쓴 건 아니었을지.

답을 말하려고 하지 말고 그냥 물어볼걸. "그럴 때 이래저래 해야지."가 아니라 그냥 힘들어하는 아이의 이야기를 들어주며 "그래. 네 마음은 어땠니?"라고 더 말할 수 있게 물었어야 했다.

모른다는 걸 아는 교사는 아이들에게 집중한다. 교실에 들어오는 아이들을 잘 관찰하고 그 아이가 하는 말을 귀 기울여 듣는다. 있는 모습 그대로의 아이들을 받아들이고 자세히 보게 된다. 그러면서 아이가 하는 말을 온전히 들어준다. 늘 새롭고 소중한 존재라고 여기며 호기심을 갖고 아이들에게 잘 묻고 잘 들어야겠다.

03

군고구마

첫 발령을 받은 학교에서 3학년 담임을 할 때였다. 그때만 하더라도 겨울이 되면 교사가 직접 난로를 피워야 했다. 난 유난히 난롯불을 못 피우는 새내기 교사였다. 어찌나 젬병인지, 아침에 출근하면서 '제발 오늘은 난롯불이 잘 붙기를' 하며 기도할 정도였다.

그날도 여전했다. 번개탄도 없이(나중에 번개탄을 줄 때도 있었다.) 종이를 태워 불을 붙인 후 조개탄을 넣었는데 여지없이 꺼져버렸다. 다시 종이와 두꺼운 상자를 가져와 태웠지만, 연통이 막히고 교실 안에 연기만 자욱했다.

"얘들아, 창문 열어야 하니 얼른 외투 입어. 잠깐만 참자."

아이들과 나는 외투를 입고 교실 창문을 열어서 환기를 시켰다. 그리고 다시 난롯불을 붙였는데 다행히 이번에는 불이 붙었다. 교실 안이 따뜻해지자 아이들은 하나둘 외투를 벗었다.

점심을 먹고 오후 수업을 할 때였다. 태수가 앞으로 나오더니 불쑥 누런 봉투를 내밀었다.

"선생님, 고구마 구워 주세요."

마침 난롯불이 점점 사그라드는 때라 고구마 굽기에 가장 좋은 타이밍이었다. 평소에 말이 없고 조용한 태수라 난 두말없이 고구마를 받았다.

'속 깊은 아이라 아이들과 나눠 먹고 싶어서 가져온 게야. 어디 보자. 20개쯤 되니 아이들은 반씩 먹고 난 한 개 먹어도 되겠지?'

고구마를 무척 좋아하던 나는 면장갑을 끼고 집게로 고구마를 뒤적이며 침을 삼켰다. 오후 수업을 하던 아이들도 군고구마 냄새에 공부가 제대로 되지 않았다. 모두 눈치를 보며 난로 위와 아래에서 익어 가는 군고구마를 슬금슬금 쳐다보았다.

드디어 고구마가 다 익었다. 노릇노릇 익어서 껍질이 살짝 터진 게 정말 맛있어 보였다. 태수가 누런 봉투를 내밀며 말했다.

"고구마 다 익었으면 여기에 넣어 주세요."

"뭐, 뭐라고?"

난 뭔가 잘못 들었나 했다. 반 아이들은 모두 나와 태수를 바라보고 있었다.

태수는 아침에 가져왔던 누런 봉투를 흔들며 분명하게 다시 말했다.

"집에 가서 먹을 거니까, 여기에 담아 주세요."

아, 이건 무슨 경우란 말인가? 하긴 처음부터 태수는 고구마를 구워 달라고만 했지, 모두 함께 먹자고 하지 않았다. 같이 먹을 거라는 건 내 생각일 뿐이었다. 그래도 그렇지, 다 익은 걸 그냥 가져가다니!

난 노릇노릇 익은 군고구마를 누런 봉투에 하나씩 넣으며 고민했다.

'태수한테 하나만 달라고 할까? 내가 다 구워 줬으니까, 그건 괜찮은 거 아닐까?'

'아냐. 오늘 보니 속이 어떤지 모르는 녀석인데 집에 가서 내가 다 먹었다고 하면 어떡해.'

'여기서 지켜보는 우리 반 아이들, 침을 꼴깍꼴깍 삼키고 있는데 나만 먹으면 자기들은 못 먹었다고 울상일 텐데. 아이 참, 아예 안 먹고 말지.'

나는 하나도 남김없이 태수의 누런 봉투에 군고구마를 넣어 주었다. 태수는 고개를 한 번 꾸벅하고는 자기 자리로 가서 앉았다. 오후 시간 내내 군고구마 먹을 생각에 기뻐하던 아이들도 기운이 쭉 빠졌다. 태수에게 하나만 달라고 하는 애도 있었지만 통하지 않았다.

그런데 아이들의 생각은 참 비상했다. 태수 옆 짝꿍이 새초롬한 목소리로 말했다.

"아, 나도 내일 고구마 가져와야겠다. 선생님께 구워달라고 해야지."

그러자 몇몇 아이들도 "아, 나도 그래야지." 하면서 눈을 반짝였다.

'이게 무슨 소리지? 내일은 아이들이 떼로 고구마를 구워 달라고 하겠구나.'

나는 갑자기 정신이 번쩍 났다.

"얘들아, 내일부터는 친구들과 나눠 먹을 수 있는 고구마만 가져와. 집에 다시 가져가야 하는 사람은 집에서 먹고."

아이들은 부러운 듯 태수를 쳐다봤다. 다음 날 고구마를 가져온 아이는 한 명도 없었다.

04

도둑맞은 지갑 속 사진

체육 시간에 운동장 수업을 하고 오니 내 지갑이 사라졌다. 분명히 캐비닛에 넣고 잠갔는데 가방만 있고 지갑은 없어졌다. 혹시나 해서 아프다고 교실에 남아 있던 아이에게 물었다.

"누가 교실에 왔다 갔니?"

"네, 선생님이랑 잘 아는 아저씨가 왔었어요."

그 아저씨는 내 이름을 말하며 친한 사이라고 했다. 아마 교실 문 옆에 붙은 학급 안내판에서 내 이름을 슬쩍 봤나 보다. 3학년인데도 유독 순진하던 그 아이는 그 말을 그대로 믿고 자리에서 일어나 반갑게 인사까지 했다. 그 아저씨는 내 자리에 앉아 소리도 없이 캐비닛 문을 열고 지갑을 꺼냈다. 내 지갑에는 카드와 현금이 꽤 있었다. 카드는 분실 신고를 했지만, 돈과 지갑,

신분증은 고스란히 잃어버렸다.

다음 날, 학교로 연락이 왔다. 역 근처 노래방에 지갑이 있으니 찾아가라는 거였다. 퇴근하자마자 노래방으로 달려갔다. 노래방은 주변의 화려한 상가와는 달리 외진 곳 지하에 있었다. 내려가는데 갑자기 무서운 생각이 들었다.

'혹시 도둑질한 아저씨와 연관이 있는 곳은 아니겠지? 나쁜 맘으로 지갑을 찾아가라고 불렀으면 어쩌나? 괜히 혼자 왔나 봐. 누구랑 같이 올걸.'

노래방 문을 여는데 손이 떨렸다. 노래방 입구에 있던 나이 든 여자가 어떻게 왔냐고 물었다. 지갑을 찾으러 왔다고 말하자, 안쪽에서 누가 뚜벅뚜벅 걸어 나왔다. 키가 크고 건장한 젊은 남자였다. 나는 가슴이 조마조마해서 바라보았더니, 남자는 손에 지갑을 들고 내 앞으로 다가왔다.

"혹시 이 지갑인가요?"

하루 사이에 내 지갑은 낡고 지저분해져 있었다. 나는 겨우 입을 열었다.

"네. 그런데 이게 왜 여기 있을까요? 학교에서 누가 가져가서 잃어버린 건데……."

내 말에 남자는 흠칫 놀라며 자기가 가져간 게 아니라고 했다.

노래방 쓰레기통에 있었는데, 그냥 버릴까 하다가 그 안에 있던 신분증을 보고 혹시나 하고 연락했단다.

젊은 남자는 지갑을 나에게 건네며 말했다.

"선생님 맞으시죠?"

이곳이 도둑이랑 연관이 있을지도, 혹시 나에게 해코지라도 할까 걱정하던 터라 나는 선뜻 대답을 못 하고 머뭇거렸다.

그러자 젊은 남자는 괜한 일을 했다는 듯이 중얼거렸다.

"이모가 그냥 연락하지 말라고 했는데, 아무래도 초등학교 1학년 때 선생님인 것 같아 연락했거든요."

"네? 어머나! 뭐라고?"

그제야 나는 정신을 차리고 선생다운 모습으로 돌아왔다.

"선생님 얼굴이 나온 사진을 그냥 쓰레기통에 버릴 수는 없었어요."

나는 다가가서 젊은 남자의 얼굴을 자세히 보았다. 그는 어색해하며 자기 이름을 말했다.

"저, 영호인데 기억 안 나시죠?"

나는 학생들 기억을 곧잘 하는 편이다. 1학년 때 우리 반 아이들이 40명이 넘었지만, 영호라는 말에 선뜻 반 뒤편에 앉아있던 남자아이의 모습이 떠올랐다. 웃을 때 감길 듯이 가늘어지는 눈이 참 인상적인 아이였다. 말은 별로 없었지만, 배시시 잘 웃던 순수한 아이였다.

"기억나. 너 1학년 때 잘 웃고 조용했잖아. 무척 귀여웠는데."

영호는 군대에 갔다 와서 이모네 일을 돕는 중이라고 했다. 밤 늦게 손님들이 다 가고 나서 노래방을 청소하다가 쓰레기통에 버려진 지갑 속에서 나를 알아보고 연락한 거란다. 내가 근무하는 학교에 전화해서 찾으러 오라고 말하기까지 조용한 영호가 얼마나 큰 용기를 냈을까? 그런 영호에게 지갑이 왜 여기 있냐며 의심하듯 묻다니……. 아, 나는 부끄럽기까지 했다.

시간이 지날수록 돈을 잃어버린 아쉬움보다 그때 영호를 알아보지 못한 아쉬움이 더욱 컸다. 돈이 뭐라고, 지갑이 뭐가 그리 대수라고. 나는 도둑질한 사람을 생각하느라 지갑을 찾아 주려는 선한 의도를 가진 사람이 있다는 생각을 하지 못했다. 그래서 한참 동안 영호를 알아볼 수가 없었다. 그렇게 헤어진 후로 한 번도 만나지 못해 더욱 안타깝다.

'영호야, 네가 그 빈 지갑을 버리지 않고 연락해 준 것 정말 고맙다. 난 1학년 선생님 이름도 제대로 기억 못 하는데, 너는 지갑 속 작은 사진을 보고 단번에 알아보다니. 선생님인 걸 알아보고는 쓰레기통에 그냥 버릴 수가 없었다는 그 말. 너의 그 마음이 시간이 흐를수록 정말 고맙다. 너의 그 따뜻하고 용기 있는 마음처럼 네 앞날이 멋지게 펼쳐지길 바란다.'

05

벌 청소 & 칭찬 청소

　내가 초등학교(그때는 국민학교)에 다닐 때, 청소 시간은 아주 길었다. 수업이 끝나고 거의 한 시간 정도 남아서 교실 청소를 했다. 마룻바닥에 줄 맞춰 앉아서 양초를 문지르고 걸레로 반질반질하게 닦아야 집에 갈 수 있었다. 화장실 청소도 학생들이 했다. 당시 화장실은 지금 같은 깨끗한 좌변기가 아니었다. 변기 밑으로 똥이 보이는 푸세식이었는데, 지각하거나 숙제 안 해온 애들이 벌 청소로 많이 했다.

　중학교 1학년 때 우리 반 담당 구역이 화장실 청소였다. 전에는 한 번도 화장실 청소를 한 적이 없어서 화장실 청소를 한다는 게 정말 괴로웠다. 고무장갑도 없이 맨손으로 걸레를 들고 변기를 닦아야 했다. 그러려면 고개를 숙여야 했는데, 변기 밑에서 오래된 똥오줌 냄새가 올라와서 숨쉬기조차 힘들었다. 게 다가 그 밑에 누런 똥이 얼마나 잘 보이는지, 눈을 뜰 수도 감을 수도 없었다.

담임 선생님은 깔끔하다고 소문난 미술 선생님이었는데 직접 청소 검사를 하셨다. 화장실을 한 칸 한 칸 열어서 변기가 깨끗한 사람만 "합격!" 하며 집으로 보내주셨다. 내가 맡은 화장실은 원래 누런색인지, 내가 청소를 못 한 건지 연거푸 두 번이나 "불합격!"을 받았다. 친구들은 다 집에 가고 혼자 남아 청소를 하니 냄새도 덜 나는 것 같고, 변기 밑도 쳐다볼 겨를이 없었다. 누런 변기를 박박 닦고, 드디어 기다리던 "합격!" 소리에 나는 감격스러웠다.

'드디어 끝이구나. 이제야 집에 가겠구나.'

이제 집에 갈 수 있다는 생각에 좋아하고 있는데 선생님이 말씀하셨다.

"걸레 깨끗이 빨아서 검사받아라."

아, 변기 청소보다 오물이 잔뜩 묻은 걸레를 빠는 게 더 속이 울렁거렸다. 버려도 될 만큼 낡은 걸레는 빨아도 빨아도 깨끗해지지 않았다. 화장실 청소를 세 번 한 그날, 나는 걸레 빨기를 다섯 번 넘게 했다. 고무장갑도 없이 맨손으로 빨고 헹구고, 빨고 헹구고.

요즘은 학교마다 화장실 청소를 담당하는 분이 따로 계신다. 주로 여자분들이 화장실 청소를 하는데 그게 남학생들은 불만이다. 남학생들이 볼일을 보는 중에 청소하는 여자분이 불쑥 들어오면 당황스럽다는 거였다. 전교 학생 자치 회의에서 이 사안을 정식 안건으로 회의를 했다. 처음에는 남자분에게 학교 화장실 청소를 맡기자고 했다가, 그러면 이런 것도 생각해 봐야 한다며 나온 의견들이다.

– 전국 학교에서 화장실을 청소하는 남자분은 거의 없다.

– 지하철 남자 화장실도 남자분이 청소하지 않는 곳도 있다.

– 남자분은 돈을 더 많이 줘야 화장실 청소를 할 것 같다.

– 그래도 못 구할 수 있다.

– 깨끗이 청소하지 않고 물만 뿌릴 수도 있다.

아이들은 현재 하는 여자분들에게 청소를 맡기되 이런 대안을 내놓았다.

– 남자 화장실 청소는 공부 시간에 하기(그래야 쉬는 시간에 마음 놓고 볼일을 볼 수 있다.).

– 청소할 때는 반드시 화장실 앞에 '청소 중'이라는 노란 삼각대를 세워 놓기(공부 시간에도 화장실 가는 남학생이 있기 때문이다.).

그 후로 청소하는 여자분들은 '청소 중'이라는 노란 삼각대를 세워 놓고 화장실 청소를 했다.

교실을 청소하는 분위기도 많이 달라졌다. 청소 당번 대신 모두 같이 자기 자리를 간단하게 정리하는 반이 많다. 교사도 그 시간에 칠판과 교사 책상 주변을 아이들과 함께 정리한다. 동요를 틀어놓고 자기 맡은 자리를 청소하면 노래가 끝날 때쯤 정리도 마무리된다.

교실의 마룻바닥은 좀 애매했다. 옛날 학교처럼 마룻바닥이라 가끔 기름 걸레질을 해야 했는데, 아이들은 서로 자기가 하겠다고 난리였다. 기름 걸레질이란 왁스통에서 하얀 왁스를 꺼내 교실 바닥에 뿌리고 대걸레로 문지르는 거였다. 아이들에겐 이게 무척 인기였지만, 걸레질을 할 수 있는 대걸레는 딱 2개뿐이었다.

결국 기름 걸레질을 할 사람을 정하기 위해 학급 회의를 했다. '칭찬 제일 많이 받은 아이'.

하루 동안 자기 할 일을 잘하고 벌점이 없는 아이가 하자는 의견이 제일 많았다. 예전에는 벌 청소였다면 지금은 칭찬 청소인 셈이다.

우리 반에서 칭찬을 받는 행동은 이런 거였다. 아침 제시간에 등교하기, 숙제나 준비물 잊지 않고 챙겨 오기, 우유 잘 마시기, 급식 골고루 다 먹기, 친구와 사이좋게 지내기(싸우면 벌점 1점, 칭찬받은 거 1점 감점). 드디어 청소 시간에 칭찬을 가장 많이 받은 친구가 대걸레를 잡았다. 현호와 소현이었다.

현호는 마치 대장이라도 된 듯 대걸레를 잡고 흔들었다. 그러고는 왁스를 척척 교실 바닥에 묻히고 기름걸레로 문지르며 다녔다. 다른 아이들은 부러운 듯 쳐다보더니, 현호에게 다가가서 뭐라고 속삭였다. 나는 열심히 칠판을 지우고 교사 책상 주변을 청소하는데, 소현이가 다가와서 일렀다.

"선생님, 현호가 대걸레 한번 밀어보자는 애들한테 오백 원씩 내래요."

"뭐라고?"

아, 이럴 수가! 칭찬 청소가 돈 청소로 추락하는 순간이었다.

06

제자와 스승 사이

9월, 신규 교사가 우리 학교로 발령을 받았다. 막 교대를 졸업한 새내기 교사였다. 첫 출근 날, 교무실에 와서 인사를 하는데 긴 머리에 눈이 크고 예쁜 선생님이었다. 난 그녀에게 어디 사느냐고 물었다.

"안양 평촌이요."

"아, 나도 거기서 근무한 적이 있었는데?"

내가 이름을 말하며 인사를 했더니, 신규 교사는 흠칫하며 쳐다보았다.

"선생님, 저, 1학년 때 제자 이혜수예요."

"어머, 어머! 반갑다. 정말 반가워."

순간 이혜수의 1학년 때 모습이 떠올랐다. 그래. 눈이 똑같네. 크고 맑은 눈을 깜박거리며 나를 쳐다보던 눈이 똑같아. 그때는 1학년 교실 중간쯤에 앉아서 연필을 꼭꼭 눌러서 글씨를 바르게 쓰던 아이였지. 개구쟁이 아이들, 수다스러운 아이들 속에서 조용히 자기 할 일을 하는 얌전한 아이였다. 1학년 이혜수는 동그란 얼굴이 길어지고, 키는 165cm로 자라 멋진 선생님이 되었다.

혜수 선생이 물었다.

"선생님, 은영이 기억나세요?"

"그럼, 너랑 제일 친한 친구였잖아."

혜수 선생은 지금도 은영이와 친하게 지내고 있다고 했다. 그 이야기를 들으니 나도 모르게 혜수와 은영이의 어렸을 때가 생각이 났다. 혜수는 조용하고 말이 없었고, 은영이는 활발하고 말을 참지 못하는 아이였다. 혜수가 글씨를 예쁘게 써서 '참 잘했어요' 도장을 받으면 은영이도 그 도장을 찍어 달라고 했다. 은영이는 어떤 날은 '참 잘했어요' 도장을, 보통은 '잘했어요' 도장을 받았다. 그런 날 은영이는 그 자리에서 입이 부루퉁해서 그 옆에다 '참 잘했어요.' 도장을 찍어주면 안 되냐고 했었다.

신규 교사 취임식 때 가족 대표로 이혜수 선생 어머니가 오셨다. 딸은 16년 동안 많이 변했지만, 어머니의 모습은 별로 변하지 않았다. 혜수 선생 어머니도 나를 알아보고 무척 반가워하셨다.

"선생님이 같은 학교에 계신다니 정말 든든하고 좋아요."

"오히려 제자와 같이 근무할 수 있어서 제가 영광이죠."

진심으로 내 제자가 잘 자라서 나와 같은 학교 교사가 된 것이 참 자랑스러웠다.

게다가 이혜수 선생은 나랑 같은 2학년을 맡았다. 동학년 교사는 수업과 학생 생활 지도로 함께 의논하는 시간이 많다. 우리는 동학년 협의 말고도 학부모 상담이나 다툼이 있는 학생이 있을 때 같이 만나 어떻게 하면 좋을지 함께 고민했다.

퇴근할 때 가끔 내 차로 같이 가기도 했다. 이혜수 선생은 교대 친구들을 만나서 1학년 때 담임이었던 선생님과 같이 근무한다고 하니까 반응이 둘로 나뉘었단다.

'담임 선생님이었던 분과 같이 근무하니까 너 정말 힘들겠다.'

'제자랑 같이 근무하는 네 예전 담임 선생님은 정말 부담스럽겠다.'

"너는 뭐라고 했니?" 내가 물었다.

"전 선생님이랑 있어서 좋다고 했어요. 선생님은요?"

"나도 좋지. 제자가 그 어려운 임용고시 합격해서 같은 학교에 근무하는 게 얼마나 대단한 일인데. 실제로 제자를 만난 것도 네가 처음이고 앞으로도 쉽지 않을 거야."

그때 난 생각했다. 아, 나는 좋은데 제자는 어려울 수도 있겠구나. 선생님이 됐는데 아직도 학생 때를 기억하는 담임 선생님이 있어서 부담스러울 수도 있겠다. 난 어떤가? 제자랑 근무해서 교사로서의 내 모습을 보여 주는 게 부담스럽기도 했다. 젊고 신세대인 제자의 눈에 내가 꼰대로 보일까, 불통의 모습이면 어쩌나 하는 마음이 들기도 했다. 하지만 나는 제자와 함께 근무하면서 좋은 게 훨씬 더 많았다. 교사는 20대에서 60대까지 모두 아이들을 걱정하는 마음은 같다는 거, 함께 모여서 경험과 지식과 지혜를 나누며 아이들을 위해 힘쓴다는 걸 알았다.

그렇게 만난 혜수 선생과는 1년 반을 같이 근무하다가 내가 다른 학교로 발령을 받으면서 헤어지게 되었다. 내가 새 학교로 발령받고 난 후 맞이하는 첫 스승의 날, 이날 이혜수 선생은 내가 있는 학교에 날 보러 와 주었다. 초등학교 1학년 때 같은 반 친구였던 은영이와 함께였다. 은영이는 어렸을 때와 마찬가지로 여전히 활발하고 열정적이었다.

은영이는 본인이 1학년에 입학할 때 나에게 받았던 엽서를 아직도 간직하고 있다고 했다.

"아, 그때 '참 잘했어요.' 도장 좀 찍어주시지 정말 서운했어요."

은영이는 지금도 여전했다. 말도 재미있게 하고 솔직했다.

"그러게. '참 잘했어요.' 도장을 팍팍 찍어 줄 걸, 왜 그랬을까?"

내가 웃으며 미안하다고 했더니 은영이가 "푸하하" 웃으며 말했다.

"그래서 제가 엄마 아빠한테 졸라서 '참 잘했어요.' 도장을 샀잖아요!"

은영이는 그 도장으로 자기 공책 여기저기에 신나게 찍었단다.

우리는 옛날 1학년 때의 추억과 요즘 만나는 남자 친구 얘기를 하면서 한참 동안 즐겁게 시간을 보냈다. 이야기 와중에 남자 친구가 있는 은영이와 달리, 혜수 선생은 아직 남자 친구가 없다는 걸 알게 되었다. 그래서일까? 요즘 학교에서 괜찮아 보이는 젊은 남자 선생님을 만나면 이렇게 묻는다.

"여자 친구 있나요? 내가 아주 멋진 여자 선생님을 알고 있는데."

내 제자가 좋은 사람 만나서 행복한 가정을 꾸리길 바란다. 그래야 행복한 교사가 되고, 아이들을 더 사랑하는 교사가 되지 않을까? 아, 얼른 소개를 좀 해줘야 하는데.

07

안 울었는데요

코로나가 초등학교 입학식 분위기도 바꾸었다. 몇 해 전만 해도 할아버지, 할머니까지 와서 입학하는 손자, 손녀들을 축하해 주었는데, 요즘은 엄마나 아빠만 와서 교문 앞에서 이산가족처럼 헤어져야 한다. 부모님은 교문 밖에서 아이들이 들어가는 걸 지켜보고, 아이들은 혼자 교문 안으로 들어온다. 부모님께 인사하고 씩씩하게 한 번에 들어오는 아이, 몇 번을 왔다갔다하며 아쉬워하는 아이, 아예 교문 안에 들어오지도 않고 엄마 손을 꼭 잡고 교문 밖에 서 있는 아이도 있다.

그해 입학식 날, 우리 학교는 교문 안에 들어오는 입학생에게 장미꽃 한 송이를 주며 입학을 환영해 주었다. 아이들은 꽃송이를 들고 자기 반 푯말이 있는 곳으로 걸어간다. 교문 밖에 서 있던 부모님은 자녀의 모습을 찍으려고 목청껏 아이의 이름을 부른다. 그러면 엄마, 아빠를 향해 장미꽃을 흔들며 연예인처럼 포즈를 취하는 아이, 부끄러워하며 살짝 웃어 주는 아이, 그냥 성큼성큼 가버리는 아이도 있다.

입학하는 아이들의 옷과 신발, 신발주머니, 책가방 모두 반짝반짝거린다. 책가방 속의 학용품도 아마 모두 새것일 거다. 아이들은 당당하고 반듯한 모습이다. 첫날이라서, 부모님이 지켜보아서, 처음 만나는 선생님과 친구들이 있어서 그런가 보다. 담임 선생님께 자기 이름을 말하고 줄을 서는 게 의젓하기까지 하다. 코로나 때문에 첫날부터 결석하는 아이들도 여럿 있었지만, 입학식을 하기 위해 모인 학생들과 학부모들로 인해 봄처럼 학교에 생기가 도는 거 같았다. 오늘 참석하기로 한 입학생들이 다 모인 반이 하나둘 교실로 들어갈 때였다. 한 아이가 그때까지 엄마 손을 잡고 교문 밖에 서서 학교로 들어오지 않고 있었다. 엄마는 자꾸 교문 안으로 들어가라고 하는데 아이는 고개만 흔들 뿐이었다. 다른 반이 모두 교실로 들어갈 때까지도 그 아이의 반만 교실로 들어가지 못하고 있었다.

담임 선생님이 다가가서 아이의 이름을 묻고 손을 꼭 잡았다. 선생님이 손을 잡아주니 기쁘게 갈 만도 한데 그 아이는 고개를 숙이고 울음을 터트렸다. 엄마가 있는 뒤를 돌아다보며 어깨까지 들썩이며 눈물을 흘렸다. 울면서 담임 선생님과 교실로 가는 아이를 보니, 몇 해 전 내가 1학년 담임을 할 때 만났던 세호가 떠올랐다.

그해는 강당에서 입학식을 했다. 그날 우리 반에서 축하를 가장 많이 받은 아이가 세호였다. 입학을 축하하기 위해 엄마, 아빠뿐만 아니라 할아버지와 할머니까지 오셨다. 세호는 커다랗고 화사한 꽃다발을 두 개나 받았다. 키는 작았지만, 감색 외투에 흰 티를 입은 세호는 꼬마 어른처럼 멋져 보였다. 강당에서 입학식을 마치고 교실로 들어올 때까지 세호는 귀엽고 당당한 입학생의 모습이었다.

부모님과 헤어져 교실로 들어오는 시간이었다. 겨울 방학 동안 조용하던 교실은 1학년 아이들이 들어오자 금방 활기찬 곳으로 바뀌었다. 자리에 앉은 아이들은 긴장과 기대의 눈빛으로 서로를 바라보았다.

그때였다. 갑자기 복도에서 울음소리가 들렸다. 내가 깜짝 놀라 복도로 나갔더니, 세호가 교실 문밖에 서 있었다. 왜 그러냐고, 얼른 들어오라고 아무리 얘기해도 소용이 없었다. 세호는 눈을 꼭 감은 채 나를 쳐다보지도 않았다. 그러고는 고개를 흔들며 점점 더 크게 울었다. 아까 강당에서 본 세호와는 아주 다른 모습이었다. 세호의 울음소리가 얼마나 큰지 1학년이 있는 2층 복도가 쩌렁쩌렁 울렸다. 달래도 멈추지 않자, 내 얼굴도 세호처럼 시뻘겋게 달아올랐다.

3월이면 가끔 이런 아이들이 있다. 학교 공포증으로 등교 거부를 하는 것이다. 대부분 불안이 가장 큰 이유다. 학교에 대한 기대가 오히려 긴장과 두려움으로 바뀌는 것이다. 보통 아이들은 서너 살이면 자연스럽게 엄마와 떨어질 수 있지만 그렇지 않은 아이들도 있다. 지나치게 부끄러워하거나 예민한 성격의 아이들은 엄마와의 분리가 불안과 공포로 다가올 수 있다.

세호도 처음에는 잘할 수 있다고 생각하고 학교에 왔다. 강당에서 엄마, 아빠가 지켜볼 때까지만 해도 자신만만했는데, 막상 혼자 교실에 들어가려니 겁이 났나 보다.

'정말 잘할 수 있을까?'

'잘하고 싶은데 못하면 어떡하지?'

'못할 것 같아. 무서워.'

이런 불안한 마음이 교실 문턱을 에베레스트산보다 더 높게 만든다.

방과 후에 세호와 세호 어머니를 만났다. 세호는 복도에서 울던 모습은 온데간데없고, 강당에서의 모습으로 자기 자리에 앉았다. 나는 세호에게 아까 왜 울었냐고 물었다. 세호는 눈을 동그랗게 뜨며 말했다.

"안 울었는데요."

옆에서 지켜보던 엄마와 나를 두고도 세호는 당당하게 안 울었다고 했다. 2층 전체가 떠나가게 큰 소리로 울던 세호의 울음소리가 아직도 내 귀에 맴도는 것 같은데 세호는 끝까지 자기는 운 적이 없다고 했다.

나는 뭐라고 말을 해야 좋을까 생각했다.

"그렇구나. 세호는 울고 싶지 않았구나. 그럼 내일은 어떻게 하고 싶니?"

세호는 "당연히 안 울 거예요." 하고 대답했다.

다음 날 세호는 정말 울지 않았다. 1학년 다른 반 선생님들이 혹시 우리 반에서 또 울음소리가 날까 봐 귀를 기울였지만, 세호가 한 말대로 울음소리는 들리지 않았다.

물론 아이들이 전부 세호 같지는 않다. 3월 내내 우는 아이도 있고, 학교 가기 싫다고 떼를 쓰기도 하고, 정말 등교를 거부하는 아이도 있다. 세호는 용기를 내서 학교에 가기 싫은 마음을 극복했지만, 그렇지 않은 아이들도 있다. 불안감이 높은 아이는 새롭고 낯선 학교라는 공간 자체가 두려움이 되기도 한다. 그런 아이들은 학교와 교실, 선생님과 친구들과의 만남에 적응하기까지 다른 아이보다 시간이 더 오래 걸리기도 한다.

아이들은 불안하고 두렵다가도 친구가 놀자고 하거나, 반에서 재밌는 활동을 하면 순간 그 마음을 잊어버린 채 시간이 지나기도 한다. 그렇게 얼마쯤 있다가 집에 갈 때쯤 '아, 내가 잘했구나.' 하며 스스로 단단해지는 경험을 한다. '두려운 마음이 들어도 조금만 참고 견디면 되는구나. 그때 안 운 건 정말 잘했어.' 하거나, 울었던 자신을 안 울었다고 생각하기도 한다.

아마 세호도 첫날 울었던 자기 모습을 인정하고 싶지 않았을지도 모른다. 울지 않고 다른 아이들과 같이 교실에서 웃고 반갑게 인사하는 멋진 자기 모습을 만나고 싶지 않았을까?

입학식 날 그렇게 큰 소리로 울던 세호는 다음 날부터는 울지 않았다. 결국 자기 스스로 높은 산을 넘은 것이다. '교실 안에 들어와서 울지 않고 하루를 살아내기' 라는 큰 산을.

코로나로 간소한 입학식을 하고 1학년 아이들이 집으로 돌아갔다. 아침에 울면서 교실로 들어갔던 아이의 담임 선생님께 물었다. 아이가 괜찮았는지, 교실에서도 계속 울지는 않았는지 궁금했다. 내 물음에 1학년을 오랫동안 맡았던 담임 선생님은 웃으면서 말했다.

"울기는 했지만 괜찮아요. 한 달만 기다리면 돼요. 울어도 교실 안에서 울고, 장난을 쳐도 교실 안에서 장난치면 한 달 후에는 아이들과 잘 지내더라고요."

정말 그 아이도 그러길 바란다. 아니, 세호처럼 하루 만에 "안 울었는데요." 하면서 다음 날부터 즐겁게 친구들과 잘 지냈으면 좋겠다.

학교는 아이들을 독립적인 개인으로 살아가게 돕는 곳이다. 학교에 오는 게 두려워서, 불안해서 우는 아이들은 다른 아이들보다 훨씬 어려운 첫걸음을 시작한 셈이다. 천 리 길도 한 걸음부터라고 했는데, 그 첫걸음에 큰 박수와 축하를 보낸다.

08

가족 놀이의 변화

　　교실에서 아이들의 이야기에 귀 기울이면 저절로 알게 되는 게 무척 많다. 어젯밤 동네에 큰불이 나서 소방차와 구급차가 온 거, 수십 년 버티던 동네 서점이 결국 문을 닫은 거, 주말에 학교 운동장에서 유치원 체육 대회를 해서 솜사탕을 공짜로 먹은 거 등등. 더 비밀스러운 얘기도 들린다. 할아버지 댁에 갔는데 엄마가 돈을 받아야 한다고 일부러 허름한 옷을 입고 간 거, 아빠가 술을 많이 마시고 들어와 엄마와 싸우다가 텔레비전이 부서진 거를 아이들은 스스럼없이 말한다.

　아이들을 더 잘 알게 되는 건 역할 놀이를 할 때이다. 특히 가족 역할 놀이를 할 때는 아이뿐 아니라 가족들의 모습도 알게 되어 혼자 막 웃기도 한다. 모둠은 4명이고, 여자와 남자가 2명씩이라 엄마와 아빠를 서로 하려고 경쟁이 치열하다. 가위바위

보로 정하거나, 서로 의논을 해서 정하는데 엄마, 아빠, 딸과 아들을 하는 게 보통이었다.

엄마를 맡은 아이는 카랑카랑한 목소리로 잔소리를 퍼붓는다.

"일어나, 회사 늦겠어. 얼른 일어나서 아침 먹어야지."

"왜 이렇게 늦었어. 술을 잔뜩 먹고 오고, 정말 왜 그래!"

"씻어야지. 양치질도 하고!"

아빠를 맡은 아이는 우렁차고 성실하다.

"회사 갔다 올게."

"응응!"

"알았어, 알았다고!"

그리고는 엄마인 아이는 모둠에서 제일 순둥순둥한 아들 역을 맡은 아이에게 콧소리를 낸다.

"어머나, 일어났네. 아침 먹자."

엄마인 아이는 아들을 챙기고 밥을 차린다. 그러면서 아빠에게 또 잔소리를 한다.

"늦지 말고 일찍 와. 알았지?"

아빠인 아이는 인사를 하고는 서둘러 회사에 출근한다.

엄마인 아이는 혼자 바쁘게 움직이면서 종알거렸다.

"못 살아. 여기도 이렇게 지저분하고, 저기도 지저분하고. 얼른 청소해야지."

역할 놀이에서 가장 바쁜 사람은 엄마다. 엄마인 아이들은 바쁘게 움직이고, 딸과 아들을 맡은 아이는 학교에 가거나 엄마를 지켜본다. 이 역할극에서 주인공은 엄마였다.

기발한 모둠이 있었다. 한 아이가 아들 역할은 하기 싫다면서 '강아지'를 하겠다고 했다. 아무리 반려동물 강아지가 가족이라고는 하지만, 가족 놀이에서 아들 대신 강아지를 하겠다니! 하지만 아이들은 아무렇지 않게 받아들였다. "그래, 넌 강아지해. 이름은 뭐로 할래?" 강아지 역을 맡은 아이가 이름을 '해피'로 하겠다고 하자, 딸을 맡은 아이도 자기도 딸 대신 '고양이'를 하겠단다. 그래서 그 모둠은 엄마, 아빠, 강아지, 고양이가 사는 가족 놀이를 했다.

그 모둠의 주인공은 엄마나 아빠가 아니었다. 강아지 해피와 고양이였다. 시작부터 재롱을 부리며 여기저기 다니면서 가족을 깨우는 강아지. 회사 가기 전 아빠가 놀아주고, 그 후에는 엄마가 산책을 해주면서 강아지와 고양이를 보살폈다.

그러고 보니 실제 동네에서 눈에 띄게 반려동물을 많이 만난다. 이제 유모차에서 나오는 강아지를 만나도 크게 놀라지 않는다. 오히려 유모차에 갓난아기가 있으면 깜짝 놀라 탄성이 나올 지경이다. 나는 그걸 보면서 '인구 절벽화'를 어느 정도 예상하게 되었다.

가끔 차를 운전하다가 앞차에 '아이가 타고 있어요.'라는 표시를 보면 설마 아이가 맞겠지? 하는 궁금증이 생기는 건 나만이 아닐 것이다. 운전석 옆에 도도하게 앉아서 두리번거리는 견공을 보면 더 그런 생각이 든다.

요즘은 가족 놀이 역할극이 많이 바뀌었다. 예전에는 아빠 역할을 맡으면 집에서 와이셔츠와 넥타이를 준비해 와서 회사에 가고, 엄마 역할을 맡으면 알아서 앞치마를 챙겨 왔다. 이제는 다 그런 게 아니라는 걸 아이들도 알고 있다. 엄마, 아빠를 맡은 아이가 다 같이 출근하고, 집안일도 같이한다. 어떤 모둠은 엄마가 회사에 출근하고, 아빠가 집에서 아이를 돌보기도 한다. 자연스럽게 양성평등 교육과 성 인지 감수성 교육이 교실에서부터 이루어지고 있다.

09

아이들의 마음에도 강이 흐른다

교사들은 알고 있다. 교사가 사용하는 언어가 아이들에게 큰 영향을 끼치는 것을. 가능한 한 아이들의 입장에서 쉬운 언어로, 그들이 알아들을 수 있게 말하려고 교사들은 많이 노력한다.

어떤 아이는 한 번에 알아듣고, 어떤 아이는 열 번을 말해도 못 알아들을 때가 있다. 이렇게 다양한 아이들을 마주하며 교사들은 누구를 기준으로 말해야 하나 고민하게 된다.

언어의 강도도 그렇다. 어떤 애는 '뭐야, 이걸 못했다고?' 묻기만 해도 눈물을 글썽이고, 어떤 애는 작정하고 소리를 높여 야단을 쳐도 꿈쩍도 안 한다.

이럴 때 교사는 갈등한다. 나는 어떻게 말해야 하나? 어떤 말을 써야 하나?

이기주 작가의 『말의 품격』에 이런 내용이 나온다.

사람의 마음에는 저마다 강이 흐른다고, 나는 생각한다. 어떤 말이 우리의 귀로 들어오는 순간 말은 마음의 강물에 실려 감정의 밑바닥까지 떠내려온다.

마음속에서 명령과 질문은 전혀 다른 방향으로 흐른다. 명령이 한쪽의 생각을 다른 한쪽에 흘려보내는 '치우침의 언어'라면, 질문은 한쪽의 다른 생각이 다른 쪽에 번지고 스며드는 '물듦의 언어'다. 질문 형식의 대화는 청자(聽者)로 하여금 존중받는 느낌이 들게 한다. 때에 따라 듣는 이의 자발적 참여를 끌어내기도 한다.

나는 질문 형식의 대화를 많이 하고자 했다. 한 반에 30명이 넘는 아이들에게 질문을 하면, 파도처럼 넘실거리는 대답 때문에 정신이 없을 때도 있다. 그럴 때 아이들은 나 대신 대답을 해주고, 서로에게 질문을 하기도 한다. 그럴 때 우리는 강물처럼 마음이 같이 흘러감을 느낀다.

문득 몇 년 전 입학식장에서 만난 교장 선생님이 떠오른다. 그분은 반 아이들이 아니라 입학식 날, 처음 만난 수백 명 입학생들과 바로 그런 질문의 언어를 사용한 분이었다. 입학식을 하러 체육관에 모인 1학년은 모두 12반이었다. 800명이 넘는 학생과 학부모가 체육관에 꽉 찼다. 1학년 입학생들은 새들이 지저귀는 것처럼 종알종알 이야기를 했다. 입학식을 시작하겠다고 하자, 그제야 새침한 모습으로 돌아왔다. 애국가를 부르고 교장 선생님이 축하 인사를 했다. 보통 교장 선생님들은 일방적인 축하 인사를 하고 내려오는 게 대부분이었다. 그런데 이 교장 선생님은 천천히 아이들을 보면서 입을 열었다.

"여러분, 입학식 하는 날인데 학교에 오니 어떤가요?"

첫마디를 이렇게 묻자, 수백 명 입학생 아이들이 순간 조용하더니 한두 명 입을 열기 시작했다.

"신나요."

"기분 좋아요."

"무지 기뻐요."

교장 선생님은 아이들이 얘기할 때마다 고개를 끄덕이며 환한 미소를 지었다.

"슬퍼요."

저쪽에서 들리는 작은 목소리를 교장 선생님은 노련한 어부처럼 낚아챘다.

"슬프다는 소리가 들렸는데 왜 슬플까요?"

"……."

뭐라고 말하는지 잘 들리지 않았다. 교장 선생님은 아이들을 향해 기쁜 사람도, 신나는 사람도 있고, 슬픈 사람도 있지만 학교에서 새롭게 선생님과 친구들을 만나면 즐거울 거라고 얘기하며 축하 인사를 마쳤다. 거기까지는 그렇구나 싶었다. 그런데 교장 선생님은 강단에서 내려와서 곧장 아까 슬프다고 말한 아이를 찾아가는 게 아닌가? 교장 선생님은 허리를 숙여 아이를 바라보며 이름을 묻고는 왜 슬펐는지 물었다. 아이는 자기 이름은 '지안'이고, 같이 유치원에 다니던 아이들은 다른 학교에 갔고, 자기 혼자 이 학교에 와서 슬프다고 대답했다. 교장 선생님은 "지안이가 그래서 슬펐구나!" 하면서 머리를 쓰다듬어 주었다.

입학생들은 반별로 교실에 가서 담임 선생님을 만나고 반 친구들과 인사를 했다. 한두 시간 후 입학생 아이들이 하교할 때쯤 교장 선생님은 현관 앞 포토존에 서 있었다. 환하게 만든 포토존에서 입학생과 학부모들이 기념사진을 많이 찍었다. 아이들이 하교할 때 교장 선생님은 잘 가라고 인사를 했다.

그러다가 갑자기 한 아이를 보고 소리쳤다.

"지안아, 오늘 학교에서 어땠니?"

집에 가려던 아이는 교장 선생님을 보고 활짝 웃으며 말했다.

"재미있었어요."

지안이는 교장 선생님이 자기 이름을 불러 줘서 어쩔 줄 몰라 하는 표정이었다.

"교장 선생님하고 같이 사진 찍을까?"

이번에는 지안이 어머니까지 행복한 표정으로 웃었다. 어머니는 교장 선생님과 지안이가 예쁘게 나오도록 사진을 여러 번 찍었다.

그 모습을 보며 내 몸 안에서 깊은 떨림을 느꼈다. 교장 선생님은 내가 닮고 싶었던 바로 그런 스승의 모습이었다. 교장 선생님이 얼마나 오랜 시간 아이들에게 사랑과 관심을 쏟았을지가 느껴졌다.

질문은 할 수 있다. 하지만 그 후에 교사는 그 질문의 답을 듣기 위해 기다려야 하고, 솔직한 대답을 하도록 환경을 만들어 줘야 한다. 그냥 인사치레로 묻는다면 누구보다 아이들이 잘 알고 입을 다물기 때문이다.

나는 많이 놀랐다. 입학식에 참여한 그 많은 아이들 중 한 명이 슬프다고 말한 걸 기억해서 찾아가고, 아이가 왜 슬퍼하는지 묻고, 지안이에게 소중한 친구처럼 이름을 불러 주고 함께 사진을 찍어주다니! 유치원 친구가 없어 텅 빈 지안이의 슬픈 마음을 제대로 채워 준 것이다.

내가 할 수 있는 걸 하는 게 사랑이 아니라 상대가 원하는 걸 하는 게 사랑이란 걸 깨달았다. 질문은 하는 게 끝이 아니라 그 질문의 솔직한 대답을 듣고, 그걸 공감하고 함께 있어 주는 게 완성이란 걸 알았다. 그럴 때 아이들의 굳었던 마음이 햇볕을 받은 눈처럼 스르르 녹는 걸 보았다. 아이들의 마음에도 강이 흐르는 것을.

"졸업식"

저 하늘을 수놓은 별만큼이나 많고 많은 추억을 남겨 두고

떠나야만 하나요

이젠 졸업인가요 아 이대로 남고 싶어요

이제 막 친구와 정들고 배움의 즐거움 알게 됐는데 조금만

더 다니면 안 되나요

며칠만이라도 선생님 꿈과 희망 몇 조각 더 담고 싶어요

정성 다해 후배를 돌보겠어요

그렇지만 이대로 정말 가야 한다면

다시 먼 훗날 찾아올게요

('졸업' 노래, 정윤환 작사 · 작곡)

작년 1월, 6학년들이 졸업을 했다. 학교에는 크고 멋진 강당과

체육관도 있었지만, 이날 졸업식은 코로나로 인해 각자 자기 반에서 진행하는 교실 졸업식이었다. 교실에는 후배들이 그려 준 졸업 축하 그림과 손 편지가 있었고, 복도에는 졸업 축하 포스터가 전시되었다.

교실 졸업식이었기에 교장 선생님을 포함해 다른 선생님들이 축하 사절단처럼 한 반씩 들어가 졸업장을 수여하고 졸업생들의 소감을 들었다. 부모님이 오시지 않는 졸업식이라 그런지 졸업생들의 소감은 "그냥 그래요. 조금 슬퍼요." 등의 덤덤하고 심심한 것들이었다.

졸업생들의 소감 뒤로 선생님들이 돌아가면서 졸업을 축하한다는 말을 건넸다. 어떤 선생님은 1학년 때 담임한 아이를 보고 깜짝 놀랐는데, 30cm 넘게 자란 키 때문에 못 알아볼 뻔했다. 어떤 선생님은 누군가 칠판에 쓴 '연애하자' 라는 메모를 읽고, "그래, 중학교에 가서 꼭 연애하렴."이라고 덕담을 건네셨다. 아이들은 뭐가 그리 좋은지, 선생님의 그 말에 교실이 떠나가라 크게 웃었다.

'연애. 6학년 아이들에게도 연애가 웃음을 주는구나.'

아이들이 웃는 모습과 연애라는 단어에 갑작스레 첫 제자들의 졸업식이 떠올랐다. 그때는 학교에 강당이나 체육관이 없어 운동장에서 졸업식을 했다. 2월 중순, 한겨울임에도 운동장에는 6학년 졸업생들과 5학년 후배들이 줄 맞춰 서 있었다. 추위로 코끝이 빨개진 건 꽃다발을 들고 두꺼운 외투, 목도리, 장갑까지 낀 학부모님들도 마찬가지였다.

졸업식은 날씨가 춥다고 짧게 하거나 대강 넘어가는 순서가 하나도 없었다. 늘 그렇듯 애국가를 부르고, 학교 소개를 하고, 교장 선생님의 축하 말씀과 졸업장 수여, 상장 수여가 있었다. 상장을 제일 많이 받은 학생은 내가 담임을 하였던 대철이였다. 대철이는 육상에서 학교 대표로 출전해 시·도 대회에서 좋은 기록을 세우곤 했다. 파마머리에 날쌘 대철이는 다른 학교 여학생들이 찾아올 정도로 '인기남' 이었다.

순아는 그런 대철이를 좋아했다. 제 또래 아이들보다 더욱 어리고 순수했던 특수반 순아. 순아는 맛있는 거, 예쁜 거, 깔끔한 걸 좋아하는 아이였다. 책 읽기나 셈하기는 못 했지만, 자기 물건이나 주변 정리는 야무지게 해낼 줄 알았다. 소풍을 가서도 자기 간식은 누구에게도 주지 않고 남으면 꼭꼭 싸서 다시 집에 가져가는 아이였다.

그런 순아가 졸업식이 끝나고, 가방에서 주섬주섬 무언가를 꺼내더니 대철이에게 내밀며 말했다.

"이거, 먹어!"

나는 순아가 다른 사람에게 자신이 먹을 걸 주는 모습을 처음 보았다. 마치 유치원생 꼬마가 6학년 오빠에게 주듯, 순아는 자신이 아끼던 과자를 대철이에게 내밀었다.

대철이는 어깨를 으쓱하고는 순아를 지나쳐 남학생들이 있는 곳으로 가버렸다. 아무리 어려도 거절당한 걸 아는지 순아는 금방 시무룩해졌다.

순아는 대철이가 저만큼 가버린 데다, 친구들도 하나둘 집으로 가는 걸 보고는 울기 시작했다. 그날 졸업식에서 그렇게 슬프게 우는 아이는 순아뿐이었다. 눈물을 글썽거리는 아이들은 있었지만, 순아처럼 눈물을 뚝뚝 흘리지는 않았다. 아마 순아도 아는 것 같았다. 다른 친구들은 모두 중학교를 가는데 자기만 못 가는 걸. 이제 맛있는 과자도 혼자만 먹어야 된다는 걸. 그리고 대철이 같은 친구들을 교실에서 만날 수 없다는 걸 말이다. 졸업식이 끝나고 아이들이 집에 가는 시간에는 눈이 내렸다. 하얀 함박눈을 맞으며 집으로 돌아가는 졸업생들을 배웅한 지가 어느새 30년이 넘었다.

수십 년 전 그날과 달리, 올해의 졸업식은 날씨가 따뜻했다.

교실에서 졸업생들이 내려올 때쯤 선생님들은 중앙 현관 양옆에 나와서 졸업을 축하하며 배웅해 주었다. 그리고 학교에서 준비한 꽃다발과 호두과자를 하나씩 선물했다. 졸업생들과 학부모님들은 운동장에 마련해 둔 포토존에서 학교를 배경으로 기념사진을 찍고 씩씩한 모습으로 교문을 나섰다.

아이들은 입학하고 6년 동안 학교에 머물다가 졸업을 하고 떠난다. 하지만 나는 아직도 반백년을 학교에 다니며 여전히 아이들 곁에 머물고 있다. 나는 아이들을 통해 가장 많이 배운다. 아이들은 나를 웃게 하고, 안타까워 발을 동동 구르게 하고, 어쩔 수 없을 때는 그저 옆에서 지켜보며 눈물짓게도 했다.

내가 만난 수많은 아이들이 부모님이 있건 없건, 부자건 가난하건 모두 행복하게 자랐으면 좋겠다. 밤 9시까지 남아 있던 돌봄교실 아이들은 사람의 소중함을 알고 따뜻한 어른이 되기를, 다문화 아이들은 자신(부모)이 태어난 나라와 한국을 사랑하는 민간 외교관으로 살아가길 바란다. 내가 그동안 가르친 아이들이 나를 알아봐 주고 기억하지 않아도 괜찮다. 그냥 앞으로 주도적인 자기 삶을 살 때 어릴 적 누군가 함께했던 추억으로 힘을 내길 바랄 뿐이다. 나는 앞으로도 변함없이 학교에서 배우고 자라는 아이들 곁에서 아이들의 편을 들어주고 아이들을 응원하는 삶을 살고 싶다.

2023년 2월

신사숙

초등학교 6학년, 전학을 가서 외롭던 나에게 책 친구를 소개해 준 교실, 거기서 나는 다시 아이들을 만나고 있다. 이제 내 친구는 더 이상 책 속에 있지 않았다. 내 곁에서 떠들며 돌아다니고 키득거리며 웃는 아이들이 진정한 나의 주인공이었다. 지금 나는 그 교실에서, 학교에서 어린 시절의 나처럼 심심하고, 외롭고, 같이 있어 주길 바라는 아이들과 함께 지내고 있다.